빛의 전쟁

빛의 전쟁

이종필 장편소설

비채

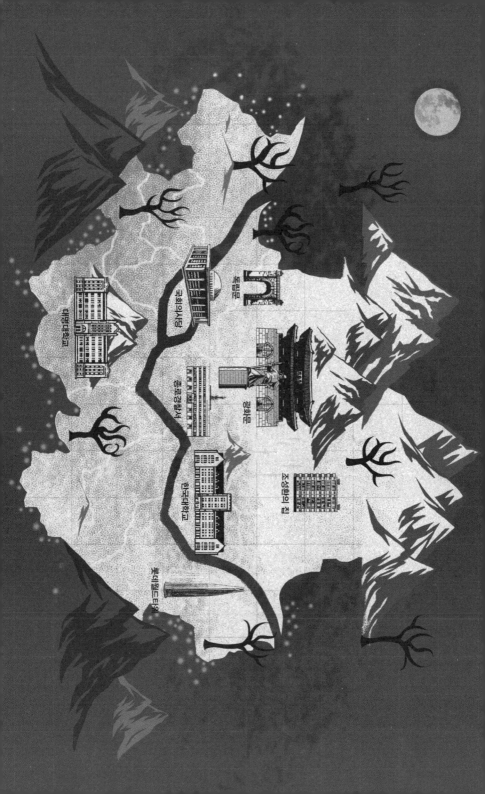

등장인물

조성환
물리학자. 한국대학교 교수. 통계물리학, 인공지능 알고리즘 전문가이다.

하영란
과학전문기자. 과거 〈대한신문〉에서 일하다 과학전문지 〈사이언스이스트〉로 옮겼다.

윤태형
형사. 종로경찰서 강력1팀장. 부산 다대포 토막살인사건을 해결했으며, 서울 인사동 조직폭력배 사건에서 활약한 바 있다.

대명대학교

문혜진
뇌신경외과 전문의이자 생물물리학자. 대명대학교 교수. 문혜진양자인공
지능연구소 소장. 세계적인 뇌 전문가이자 인공지능 전문가로 평가받으
며 국가과학자로 선정되었다.

홍경수
물리학자. 대명대학교 교수. 양자역학 분야 국내 최고의 권위자. 문혜진의
남편이다.

이찬규
물리학박사. 홍경수 연구실의 연구원. 성환의 학과 후배이다.

강세연
물리학박사. 대명대학교 연구교수. 홍경수 연구실의 연구교수. 이찬규와
연인 사이이다.

종로경찰서

이강덕
형사. 종로경찰서 강력1팀 소속. 탐문과 사람 찾기의 명수로 불린다.

김문식
형사. 종로경찰서 강력1팀 소속. 사이버수사 및 범죄분석 인공지능인 알
파폴리스 전문가이다.

오명남
형사. 종로경찰서 강력1팀 소속.

박범수
형사. 종로경찰서 강력1팀 소속.

1

6월 24일 월요일

쏴아아아아아.

잠결에도 느낄 수 있었다. 바깥에는 엄청난 폭우가 쏟아지고 있다. 조성환은 이불 속에서 몸을 뒤척였다. 침대 옆 협탁에 있던 스마트폰을 들고 시간을 확인했다. 아침 8시가 조금 넘었다. 베란다를 통과하며 한결 온순해진 빗소리가 잠을 재촉했다. 방학인데 너무 일찍 깼나. 월요일 아침이지만 성환은 느긋했다. 지난주에 1학기 성적처리를 끝냈으니 이제부터가 본격적인 여름방학이다. 어제는 동료 교수들과 새벽까지 달렸다. 아직 싱글인 30대 청춘이고 휴일에 챙길 가족도 없는 사람들이다. 강남의 와인 바까지 출동한 건 정말 오랜만이었다. 그게 4차였던가? 아니면 5차? 기억이 가물가물했다. 아무렴 어때. 명절 연휴 첫날보다 더 설레는 건 역시 학기말 성적처리 직후가 아닐까. 까마득하게만 느껴지는 10주 동안의 방학. 오랜만의 과음으로 인한 속 쓰림조차 기분 좋았다. 오늘만큼은 한낮까지 실컷 자리라. 성환은 다짐하며 스마트폰을 내려놓고 다시 이불을 뒤집어썼다. 부드러운 빗소리가 점점 아득해졌다. 전화벨이 울리기 전까지.

성환은 낮게 욕설을 내뱉고 다시 스마트폰을 집었다.

"조성환 교수님? 저예요. 〈사이언스이스트〉의 하영란."

"아 네, 하 기자님. 반가워요. 잘 지내죠?"

성환은 일부러 또박또박 대꾸했다.

"어머, 주무시고 계셨나 봐요. 죄송해서 어쩌죠? 좀 있다 다시 전화할까요?"

그렇게 티가 나나.

"아니에요. 괜찮아요. 막 일어났어요. 그런데 아침부터 무슨 일이시죠?"

"아직 뉴스 못 보셨죠? 지금 난리 났는데."

"뉴스요? 무슨?"

"오늘 세종로 사거리에 시체가 하나 매달렸어요. 이순신 장군 동상에…… 그것도 목 없는 시체가요. 몸도 온통 피투성이이고…… 정말이지 엽기적이에요. 포털 사이트 한번 들어가보시겠어요?"

"네? 목 없는 시체요? 장군님 동상에? 시체가 왜…… 아니, 그걸 누가 매달았답니까? 거기 어떻게?"

내가 아직 잠이 덜 깼나.

성환은 이불을 걷어차고 일어나 앉았다. 폭우 소리가 좀 더 크게 들려왔다.

"그러니까요! 지금 난리 났어요. 시체는 경찰이 좀 전에 수습한 모양인데, CCTV 영상을 보면 드론이 배달을 했어요. 저도 보기 전까지는 안 믿었어요."

"네? 드론이 떴다고요? 세종로에 드론이 떴으면 군대가 출동하거나 대공포라도 쐈을 텐데요."

"드론이 뜬다고 군대가 출동해요?"

"아마…… 수도방위사령부 예하 제1방공여단이 하는 일이 그걸 거예요. 서울 도심은 비행금지구역이라 정체불명의 비행체가 뜨면 20밀리 발칸포나 대공미사일을 쏠 수 있어요."

"정말요? 도심에서 미사일을 쐈다가 빗나가기라도 하면 큰일 날 텐데……."

"그건 그러네요. 게다가 저공비행이라면 탐지조차 못했을지도 모르고."

"그러지 않았을까요? 저번에 사우디아라비아에서도 드론이 엄청난 거리를 날아가 유전 시설을 날려버렸잖아요."

"그것도 그러네요. 그런데 〈사이언스이스트〉가 살인사건도 취재하나요? 목 없는 시체니까…… 살인사건 맞죠?"

"그래서 교수님께 전화드린 거예요. 이게 지금 과학적으로 말이 되는 상황인지 궁금해서요. 원래 여름 특집 준비해야 하는데, 워낙 엽기적인 사건이라 과학적으로 분석한 기사가 나갈 수 있는지 알고 싶어서요. 제가 이래 봬도 '과학전문기자' 잖아요."

"과학적으로 가능했으니 현실에서 일어났겠죠."

"그러니까…… 어떻게 이런 일이 가능했는지를 물리적으로 따져보자는 거죠. 저한테 얘깃거리 좀 주세요, 교수님. 과학으로 어떻게 썰을 풀 수 있을지……."

'썰'만 풀면 과학인가? 사이비 구라지. 성환은 슬슬 부아가 치밀었다. 기자들은 늘 이런 식이다. 과학적으로 말도 안 되는 내용이라도 어쨌든 풀어서 그럴듯하게 짜맞춘 스토리를 원한다. 그게 정말 과학적인지 아닌지는 그들에게 중요하지 않다.

"제가 무슨 얘기를 할 수 있을지…… 우선 뉴스부터 봐야겠네요."

"그럼 교수님만 믿을게요. 이번 여름방학에는 세종로 살인사건 한번 분석해보시면 어때요?"

성환은 전화를 끊고 포털 앱을 열었다. 실시간 검색어 1위에 '세종로 시체'가 올랐고 벌써 관련 기사도 여러 건이었다. 거실로 나가 TV를 켜고 뉴스 채널에 맞추었다. 세종로 사거리에 선 기자가 허술해 보이는 비옷 한 장으로 폭우를 견디며 현장 상황을 보도했다. 동상 주변은 이미 경찰이 에워쌌다. 실시간 현장 화면에 시체는 보이지 않았다. 간간이 시민 제보 화면과 CCTV 화면이 교차되어 나왔다. 새벽 폭우 속을 유유히 편대 비행하는 드론들과 거기 매달린, 모자이크 처리된 무언가가 보였다. 시신으로 추정되는 그 '무언가'는 자루 같은 것에 들어 있었다. 다음 화면에 이순신 장군 동상에 매달린 '모자이크'가 보였다. 자루 같은 것이 제거된 듯했다. 성환은 세수도 하지 않은 얼굴로 눈을 게슴츠레하게 뜬 채 모자이크를 보았다.

세수부터 해야겠다며 자리에서 일어나려는 순간, 속보 자막이 커다랗게 떴다. 뉴스를 전하는 앵커의 목소리도 다급해졌다. 화장실로 가려던 조성환은 그 자리에 멈춰 섰다.

"속보입니다. 이른바 '세종로 사거리 사건' 피해자의 신원이 확인됐습니다."

2

6월 24일 월요일

이윤철. 1984년생. 남성. 서울시 동대문구 거주

윤태형은 동상을 올려다보았다. 세찬 빗줄기가 연신 얼굴을 때렸다. 경찰 우비는 이미 젖을 대로 젖었다. 그의 손에는 비닐 백에 든 주민등록증이 들려 있었다. 사체 바지의 호주머니에서 발견했다며 순경이 전해준 것이다.

어떤 놈이 이순신 장군 동상에 이런 짓을……

사체에 머리가 없으니 주민등록증 사진과 비교해볼 수도 없다. 아침 6시 무렵, 현장에 막 도착했을 때 머리 없는 사체는 양손이 위로 묶인 채 등산용 자일에 묶여 있었고, 그 자일은 이순신 장군의 투구에 걸려 있었다. 윗옷은 벗겨졌고, 가슴에서 배까지 무언가가 촘촘히 박혀 있었다. 상처에서 흘러나온 피가 몸을 뒤덮었다. 목격자들은 드론 다섯 대가 자루를 매단 채 세종로 상공에 날아와 동상에 자일을 걸고 유유히 사라졌다고 했다. 자루는 이내 흘러내려 길에 나뒹굴었고, 상처투성이 시체가 모습을 드러냈다고.

〈양들의 침묵〉에 나오는 한니발 같은 사이코인가?

입에 문 담뱃불이 빗방울의 폭격을 받아 꺼져버렸다. 사체는 이미 동상에서 내려져 과학수사대에 전해졌다. 안 그래도 폭우가 쏟아지는 월요일 아침인데 경찰차가 사거리를 에워싸고 있으니 세종로 일대는 그야말로 북새통이었다. 태형은 팀원들을 불렀다.

"이 형사는 주민등록증 주소지에 연락해보고 사망자 신원이 신분증 주인과 일치하는지 조사해봐. 지문이든 DNA든 동원해서 신원 확인하고. 박 형사하고 최 형사는 현장 주변 CCTV 전부 확보하고! 사체를 배달했다는 드론 위치는 확인됐나?"

"경복궁 안에서 폭발이 있었다는 제보가 들어와서 확인해보니 경회루 연못에 드론으로 추정되는 물체의 잔해가 널려 있답니다. 현재 감식반이 잔해 수거 중입니다."

태형은 고개를 끄덕였다.

"좋아. 드론 쪽은 오 형사가 알아보고, 수방사에 연락해서 드론 뜬 거 알고 있었는지도 체크해봐. 사망자 가슴에 난 상처는 뭔지 알아냈나?"

"자세히 보니…… 가느다란 못이 엄청나게 박혀 있지 뭡니까. 목공이나 인테리어할 때 쓰는 타카핀 같습니다."

"그럼 그 못인지 타카핀인지에 대해서는 김 형사가 상세히 알아봐줘."

"얼핏 보기에도 문양 아니면 그림 같아요."

"그림? 시체에 못으로 작품이라도 그렸다는 거야?"

"무작위로 때려 박은 것 같지는 않습니다."

"국과수에 가서 자세히 알아봐."

태형은 팀원을 해산시킨 뒤 시계를 보았다. 아침 8시가 다된 시각. 빗줄기가 더 굵어졌다. 그제야 태형은 아직 아침도 못 먹었음을 깨달았다. 갑작스런 폭우로 기온이 뚝 떨어지니 뜨뜻한 국물이 절실했다. 태형은 근처 해장국집으로 향했다.

피해자가 스스로 드론에 매달린 채 머리를 잘라낼 수는 없었을 테고…… 이건 살인사건이다. 수도 서울의 한가운데에 보란 듯이 시체를 매달다니. 대체 누가, 왜 그랬을까? 어떻게? 타카핀은 또 뭐지?

해장국집은 한산했다. 구석 자리에서 국그릇을 앞에 두고 통화를 마무리하는 사람이 낯익었다. 태형이 먼저 인사를 건 넸다.

"하 기자님, 오랜만이에요."

하영란 기자가 폰을 내려놓으며 고개를 돌렸다.

"어머, 윤 팀장님, 여기서 뵙네요. 반가워요."

"아침부터 웬일이세요?"

"여름 특집 기사 준비로 일찍 나왔다가…… 사건 현장 보고 왔어요. 팀장님도 이 사건 때문에 나오셨나 봐요?"

"네, 저희 팀 담당이라……."

영란의 눈이 갑자기 커졌다.

"그러고 보니 기자 생활 시작할 때 경찰서 출입하면서 팀장 님 처음 뵌 일이 생각나네요. 하하. 오늘 일은 전대미문의 사건 아닌가요?"

"저도 살인사건이라면 제법 수사해봤지만…… 이런 경우는 처음이네요. 그런데 〈사이언스이스트〉가 형사 사건도 취재하나요?"

"그러기야 하겠어요. 다만, 드론이 사체를 배달한, 그러니까 사체 유기에 드론이 활용된 최초의 사례일 것 같아서…… '드론이 범죄에 어떻게 이용될 수 있나?' 이런 취지의 꼭지를 써볼 수는 있겠지요. 그러고 보니 평창 동계올림픽 때 드론 본 게 엊그제 같은데 말이죠."

"그런 기술적인 문제를 풀어주신다면 저희 수사에도 도움이 되겠네요."

"안 그래도 지금 통화한 사람이 유명한 물리학자예요. 한국대학교 조성환 교수……. 지금 이 사건이 과학적으로 말이 되는지 물어보던 참이에요."

"물리학자가 그런 것도 아나요?"

"잡다하게 이것저것 아는 분이에요. 평창 올림픽 때도 '올림픽과 과학'을 테마로 기획기사를 쓰며 도움을 받았고요."

"교수님들은 좀 까탈스럽지 않나요?"

"그렇죠. 솔직히 이분도 성질은 완전 싸가지인데…… 전에도 용어를 조금 다르게 썼다고 길길이 날뛰면서 인터뷰 기사를 내려라 마라 난리치는 통에…… 왜 그런 사람 있잖아요. 저혼자 잘난 인간. 딱 그런 타입이에요. 그래도 뭐, 도움이 될 때도 있으니까요."

태형은 속으로 웃었다. 서울시 경찰 중 하영란을 모르는 이가 있을까. 하영란이 대한신문 기자로 처음 경찰서 출입기자로 배치됐을 때 기삿거리를 물겠다고 다짜고짜 달려들던 모습이 지금도 생생하다. 그중 압권은 단연 '해킹사건'이었다. 영란이 형사들에게서 정보를 얻지 못하자 급기야 담당 형사의 랩톱 컴퓨터를 해킹해 기사를 작성한 것이다. 당시 대한신문의 시경캡이 이 사실을 알고 미리 막아 지면에 나가지는 않았다. 경찰에서 실정법 위반으로 하영란을 잡아넣겠다는 것을 시경캡과 편집국장까지 나서 허리를 숙여서 겨우 넘어간 사건이었다.

영란은 영란대로 몇 달 전 일을 떠올리고 있었다. 인사동 술집에서 시비가 붙어 폭행을 일삼은 취객 셋을 잡겠다고 종로경찰서 소속 형사들이 도심에서 총격전을 벌인 사건. 결국 범인들은 팔다리에 총을 맞고 잡혔지만 과잉 대응 논란이 들끓었다. 그 총격전을 주도한 사람이 바로 윤태형 팀장이다. 경찰은 취객 셋이 조직폭력배 소속으로, 당시 주변의 쇠파이프와 각목 등으로 무장했다고 해명했지만 여론은 싸늘하기만 했다.

"물리학 교수님의 정보가 사건 해결에 도움이 될까요?"

"없는 것보단 낫겠죠."

"혹시 수사가 막히면…… 기자님 통해서 도움을 청해봐야겠네요. 급하면 무당이라도 찾아가는 법이니……."

"그러시죠. 그런데, 현장에서는 뭐가 나왔나요?"

태형은 잠시 멈칫했다. 마침 주문한 해장국이 나왔다. 말없이 첫술을 들다 말고 태형이 말했다.

"아직 확실하진 않지만…… 피해자 신원이 나온 것 같습니다."

3

6월 24일 월요일

연구실에 도착한 성환은 본격적인 자료 검색에 들어갔다. 인터넷에는 시민들이 제보한 영상이며 근처 CCTV에 찍힌 화면이 올라와 있었다. 동도 트기 전인 데다 날씨도 좋지 않았지만 드론 다섯 대가 자루를 매달고 세종로 상공을 나는 것은 확인할 수 있었다. 넉 대가 정사각형 모양으로 자리를 잡았고 나머지 한 대는 정사각형의 한가운데에 있었다. 드론 편대는 북쪽에서 날아온 것 같았고, 싱크로나이즈드 스위밍 선수들이 움직이듯 흡사 한 대처럼 유기적으로 움직였다. 드론 편대는 동상 바로 위로 다가와 잠시 자리를 잡는가 싶더니 수직으로 내려와 고리 모양 자일을 이순신 장군의 투구에 사뿐히 걸고는 연결된 줄들을 풀었다. 시체가 든 자루가 밑으로 떨어지면서 투구에 걸린 고리가 조여졌고, 이내 자루도 땅에 떨어졌다. 그러자 두 팔이 위로 모여 묶인 시체가 이순신 장군 동상을 배경으로 그 모습을 드러냈다. 드론 편대는 광화문 너머로 유유히 사라졌다.

성환은 다른 각도에서 찍힌 동영상도 유심히 살폈다.

뭔가 이상해.

모니터에 들어갈 기세로 동영상을 들여다보던 성환은 허리를 펴고 손깍지로 뒤통수를 받친 채 등을 젖혔다.

그럴 리가. 이건 분명히……. 한참을 골똘히 생각하다가 뭔가 생각난 듯 다시 모니터로 몸을 숙였다.

가슴에 뭔가 있다고 했는데.

그러나 동영상으로는 겨우 사체의 형태만 확인할 수 있을 뿐이었다. 여기저기 검색을 해봐도 가슴의 상처를 자세히 볼 수는 없었다. 가슴에 난 상처가 범인이 남긴 메시지일 거라는 댓글도 있었다. 비교적 가까이에서 촬영된 동영상에서는 그림처럼 보이기도 했다. 성환은 영란에게 전화를 걸었다.

"교수님. 일어나셨어요?"

"지금 연구실이에요. 한 가지 여쭤려구요. 시체 가슴의 상처 말예요."

"저도 얘기만 들었지 잘은 몰라요."

"그 상처가 무슨 문양이나 메시지라는 얘기가 있던데……
정확하게 뭔지 볼 수 있을까요? 물론 사진으로요. 한 가지 확
인하고 싶은 게 있습니다."

"벌써 뭔가 알아내신 거예요?"

"짐작 가는 데가 있는데…… 우선은 확인 먼저 해야 할 것
같습니다. 기자분들은 고화질 사진을 갖고 있지 않나요?"

"기자라고 다 그런 건 아니지만…… 가능해요. 제가 담당 형
사를 잘 알거든요."

*

종로경찰서.

성환은 백팩을 둘러메고 우산을 들고 차에서 내렸다. 비는
그칠 줄을 몰랐다. 형사과 강력1팀에 들어서자 하영란 기자가
보였다. 형사 같지 않은, 약간은 앳되어 보이는 남자가 다가와
인사했다.

"조성환 교수님? 처음 뵙겠습니다. 강력1팀장 윤태형입니
다."

"반갑습니다. 조성환입니다."

"시체의 가슴 상처를 보고 싶어하신다고요?"

23

"네, 그게 그림이나 문양이라는 얘기도 돌던데, 확인하고 싶은 게 있습니다."

"원칙적으로는 보여드리면 안 되는데…… 저희도 이런 경우는 처음이라 교수님의 도움을 얻을 수 있으면 좋겠군요. 게다가 하 기자님 부탁이고요."

영란은 화답하듯 씩 웃어 보였다. 태형은 영란과 성환을 회의실로 안내했다. 강력1팀 팀원들도 따라 들어갔다. 김문식 형사가 회의실 전면 디스플레이에 사진을 띄웠다. 영란과 성환은 자리에 앉아 호기심 가득한 눈빛으로 화면을 쳐다보았다.

"이게…… 뭐죠?"

"이게 오늘 세종로 시체 사진이라고요?"

영란과 성환이 거의 동시에 소리쳤다. 사진에는 머리 잃은 목부터 가슴과 배, 허리까지가 찍혀 있었다. 핏자국은 말끔히 닦였고, 가슴과 배에 가느다란 못이 촘촘하게 박혀 있었다.

"타카핀이라고…… 목공 작업할 때 많이 쓰는 겁니다. 일종의 못이죠. 여기 박힌 타카핀은 모두 규격 M318짜리입니다. 최근에 나온 규격인데, 굵기 0.3밀리미터에 길이 18밀리미터입니다. 주로 인테리어할 때 쓴다는군요. 적어도 수천 개 이상 박은 것 같아요. 전용 타카총을 이용했다 하더라도 쉽진 않았을 겁니다."

영란과 성환의 눈이 더 커졌다. 성환이 혼잣말하듯 중얼거렸다.

"핀의 굵기가 0.3밀리미터라면 30센티미터 안에만 1천 개를 박을 수 있다는 얘기네요. 시신의 가슴에서 복부까지의 길이를 가로 30센티미터 세로 30센티미터라고 가정할 때 천 곱하기 천은 백만. 이 정도면 풀 HD급 해상도인데요. 가슴팍에 박힌 타카핀은 수천 개가 아니라 수십만 개는 될 겁니다."

과연 성환의 말대로 타카핀 하나하나가 픽셀이 된 것처럼 어떤 그림을 이루고 있었다. 그것은 누가 봐도 사람의 얼굴이었다. 다른 각도에서 찍은 몇 장의 사진이 차례로 지나갔다. 성환은 얼굴을 찌푸리며 화면을 응시했다.

"잠깐만요! 배 가장자리에 저건 뭐죠? 꼭 꿰맨 것 같은데요."

사진을 보던 영란이 급히 물었다. 시신의 복부, 타카핀 그림을 둘러싸고 커다란 직사각형 모양으로 정교하게 꿰맨 자국이 남아 있었다. 김문식 형사가 한숨을 내쉬며 설명했다.

"범인은 피해자의 뱃가죽을 벗겨 평평하게 편 다음 타카핀을 박은 것으로 보입니다. 그렇게 타카핀 그림을 완성한 뱃가죽을 다시 시체의 몸에 꿰맨 거죠."

"왜요? 뭣 때문에?"

"글쎄요. 옛날에는 산 사람 가죽 벗기는 형벌도 흔했다는데, 범인이 피해자에게 자신만의 형벌을 가한 것은 아닐까요."

태형이 무겁게 입을 열었다.

"자신의 범행을 과시하기 위한, 일종의 시그니처로 보입니다. 꿰맨 자국을 보면 상당히 정성을 들였어요. 범인에겐 이게 하나의 작품인 겁니다. 어떤 메시지를 천명하려는 것일 수도 있고요. 저도 이런 새끼 처음 봐요. 목을 딴 것도 모자라 몸에 이런 짓까지⋯⋯."

"참고로, 시체를 배달한 드론 다섯 대는 경복궁 안으로 날아가 경내에서 자폭했습니다. 물론 증거를 없애기 위해서였겠지만, 왜 굳이 현장에서 바로 폭파시키지 않은 것인지 의문입니다. 아마도 다른 시민들에게 피해를 주지 않으려 한 것일 텐데⋯⋯ 만일 그렇다면 참으로 사려 깊은 살인마인 셈입니다."

오명남 형사가 부연 설명했다.

타카핀 그림에는 묘한 구석이 있었다. 그림 속 얼굴은 여자의 것 같았다. 눈, 코, 입과 얼굴 윤곽은 비교적 선명했지만 머리카락은 거의 드러나지 않을 정도로 타카핀이 없다시피 했다. 무심코 보면 평범한 얼굴이지만 자세히 보면 어딘지 모르게 그림을 그리다 만 듯한 느낌이 묻어났다. 영란이 물었다.

"이 여잔 대체 누구죠?"

"경찰도 찾고 있습니다. 이 여자의 정체도 궁금하지만, 대체 이걸 어떻게 그렸을까, 전 그게 더 궁금합니다."

성환이 고개를 끄덕였다.

"어떻게 이렇게 많은 타카핀을 이렇게 정교하게 박을 수 있었을까, 하는 말씀이지요? 범인이 타카핀을 들고 하나씩 박은 건 아닐 겁니다. 제아무리 복수심에 불타고 원한에 사무쳤다 해도 사람이 할 수 있는 일이 아니니까요. 이건 분명 기계가 박은 겁니다."

성환은 백팩을 열고 랩톱 컴퓨터와 마우스를 꺼냈다.

"장비를 챙겨오길 잘했군요. 이런 이미지를 컴퓨터로 분석하는 게 제가 하는 일 중 하나입니다. 정면으로 가장 선명하게 찍힌 사진 하나 파일로 주시지요."

성환이 김문식 형사에게 손을 내밀었다. 문식은 잠시 머뭇거리다가 USB 메모리 스틱을 건넸다.

"그중에 하나 골라 쓰시죠."

성환은 말없이 USB를 받아 랩톱에 꽂았다. 옆에 앉은 영란도 고개를 빼고 성환의 모니터를 들여다보았다. 성환은 폴더를 열고 여러 사진들을 이리저리 살펴보다가 사진 하나에 시선을 고정했다. 그가 랩톱을 돌려 다른 형사들에게 모니터를 보여주면서 말했다.

"이 사진으로 해보죠. 제 프로그램을 돌려서 이 사진 속 이미지를 분석하면 사람이 못 보는 걸 볼 수 있습니다."

그러고는 다시 랩톱을 자신 쪽으로 돌려 프로그램을 작동시켰다. 사진 속 타카핀 그림 영역을 지정해 분석을 시작하자 시신의 뱃가죽에 점점이 찍힌 이미지 위로 뭔가가 분주히 반짝였다.

몇 분의 시간이 흘렀다. 인내심이 바닥난 태형이 물었다.

"혹시 이 사람의 정체를 컴퓨터로 찾아내는 건가요?"

"그건 경찰에서 밝혀내셔야죠. 제가 하는 일은 좀 다릅니다. 이제 거의 다 되어가요."

성환이 말하기가 무섭게 프로그램이 작업을 끝냈다. 결과를 정리한 듯한 표가 새 창에 떠 있었다.

"흠…… 어느 정도 기대는 했습니다만…… 재미있는 결과가 나왔군요."

성환이 고개를 끄덕이며 말했다.

"뭘 기대했다는 건가요?"

영란이 모니터에 얼굴을 들이밀며 물었다. 태형도 랩톱 가까이 다가왔다. 성환은 몸을 돌려 영란과 태형을 보았다.

"드론이 사체를 거는 영상은 다들 보셨죠? 무슨 생각이 들던가요?"

"드론이 참 힘이 좋구나?"

"그건…… 고성능 모터와 배터리 덕분이었을 거예요. 몸무게도 다섯 대에 분산됐고요. 저는 저걸 어디서 어떻게 조종했을까, 그게 궁금했어요."

태형에 이어 영란이 대답했다. 성환이 눈을 반짝이며 말을 받았다.

"바로 그겁니다. 역시 과학전문기자답네요. 저걸 누가 어디서 어떻게 조종했을까요. 그것도 폭우 속에서. 영상을 보시면 드론이 머뭇거리는 순간이 거의 없습니다. 그냥 곧바로 내리꽂았다고 해도 될 정도였어요."

"듣고 보니 그러네요. 그렇다면 범인은 드론 비행의 달인?"

태형의 대답을 듣고 성환은 한숨을 쉬었다.

"형사님, 생각을 좀 해보세요. 제아무리 달인이라 해도 드론에 달린 카메라를 보면서 조종해 밧줄을 정확하게 떨어뜨릴 수는 없어요. 동상 위에서 정확한 자리를 잡기 위해 미세하게 위치 조정을 했어야 했을 겁니다. 그런데 영상에서는 그런 모습이 보이지 않았어요."

"그렇다면……."

"인공지능일 가능성이 매우 높습니다."

성환의 말에 좌중은 침묵에 빠졌다.

"드론에 미리 프로그래밍해뒀을 거에요. 마지막 단계에서는 드론이 자신의 카메라로 밧줄과 투구의 위치를 파악한 뒤 순식간에 최적의 자세를 잡았을 겁니다. 사람이 직접 하기는 힘든 일이죠. 인공지능이니까 가능했을 겁니다."

"그건 그렇다 치고, 그게 이 사진과 무슨 관계가 있습니까?" 태형이 물었다.

"범인들이 인공지능을 사용했다면, 그 흔적이 다른 곳에도 남아 있겠지요. 시체에는 범인이 남긴 게 거의 확실한, 지문과도 같은 흔적이 있습니다. 바로 이 그림입니다. 좀 전에 말씀드렸듯 이건 인간의 작업물이 아닙니다. 제가 전문적으로 하는 일이 이미지를 구성하는 점들을 통계역학적으로 분석하는 거예요. 이런 이미지를 보면 그냥 못 지나가죠."

성환이 마우스를 클릭하자 원래의 이미지가 둘로 분리되었다.

"그림이란 결국 어느 위치에 어떤 점을 찍느냐의 문제입니다. 이 프로그램도 일종의 인공지능인데요, 쉽게 말해 그렇게 찍힌 점들의 통계적 상관관계를 분석합니다. 그러면 재미있는 결과를 얻을 수 있어요. 예를 들면 화가들의 개성적인 붓 터치를 구분해낼 수도 있습니다."

성환은 랩톱을 당겨 영란과 태형이 잘 볼 수 있도록 모니터를 젖혀주었다.

"타카핀 그림을 분석한 결과입니다."

모니터에는 타카핀 그림이 두 개의 이미지로 갈라져 있었다. 성환이 설명을 이었다.

"이건 원래 이미지를 구성하는 모든 점들의 통계적 성질을 분석한 결과입니다. 이 결과에 따르면 전체 타카핀은 두 부류로 나눌 수가 있겠네요. 그 두 부류를 이렇게 왼쪽과 오른쪽으로 각각 분리했습니다."

모니터를 들여다보던 영란이 물었다. "그런데 왼쪽 그림은 점이 그렇게 많지 않네요. 오른쪽은 엄청나게 많은데……."

"제 오랜 경험에 따른 짐작으로는…… 둘 중에 하나는 기계가 찍은 겁니다."

"그럼 저 왼쪽이 기계가 그린 겁니까?"

"형사님, 잘 생각해보세요. 오른쪽 이미지가 이미 많은 정보를 갖고 있는데 뭐하러 기계를 이용해서 왼쪽 이미지를 또 그렸겠어요? 정반대입니다. 오른쪽이 기계가 그린 겁니다."

"아니, 저 오른쪽이 기계가 그린 이미지라고요? 그럼 왼쪽은요?"

영란이 놀란 입을 다물지 못하고 소리쳤다. 왼쪽 이미지는 그림이라고 할 수 없을 정도로 점의 개수가 빈약했다. 이것만으로는 사람의 얼굴이 맞는지조차 알기 어려운 수준이었다. 성환이 빈정거리듯이 말했다.

"과학전문기자가 뭘 그리 놀라요? 제 짐작이 맞다면…… 왼쪽의 빈약한 점들은 실물에서 얻은 데이터입니다. 훼손된 사진이나 그림을 복원했다든지, 뭐 그런 형태로요. 그런데 이것만으로는 정보가 부족하자 여기에 인공지능을 투입한 것 같습니다."

"정리하면, 왼쪽 데이터를 토대로 인공지능이 완성해 찍은 점이 오른쪽이다?"

"빙고! 그럴 가능성이 매우 높아요. 물론 여기에도 오차는 있습니다. 점과 점 사이의 상호관계를 보는 거라서 몇몇 점들은 임의로 어느 쪽으로든 분류될 수 있거든요. 그래도 전체적으로 봤을 때 이 결과는 아주 믿을 만합니다. 꽤 흥미롭군요."

"놀랍네요. 그러니까 인공지능이 불완전한 데이터를 갖고 완전한 이미지를 복원해낼 수 있다는 얘기네요?"

"그렇습니다. 사람의 얼굴을 고도로 학습한 인공지능이라면 극히 제한된 정보만으로도 전체를 복원할 수 있습니다. 완벽하진 않아도…… 믿을 만한 수준으로는 가능합니다. 조금 다른 얘기이긴 합니다만 생물학에 비교해부학이라는 분야가 있죠. 예를 들어 전문가들은 공룡 뼈의 일부만 갖고도 더 큰 기관의 모습을 추정합니다. 백 년 전부터 해오던 일입니다."

"하지만 비교해부학과 이 건은 차원이 다른 문제 아닌가요?"

영란이 끼어들었다. 성환이 못마땅해하는 표정으로 물었다.

"혹시 간(GAN)이라고 들어보셨나요?"

"네? 간요? 순대 먹을 때 나오는?"

영란의 대답을 들은 성환의 표정이 더욱 싸늘해졌다.

"GAN, Generative Adversarial Network는 우리말로 하면 생성적 적대 신경망 정도가 됩니다. 최근 널리 쓰이는 인공지능 알고리즘이에요. GAN에는 두 개의 인공신경망이 있는데, 생성자라 불리는 한쪽 신경망에서는 가짜 데이터를 만들어내고 판별자라 불리는 다른 쪽 신경망에서는 그 데이터가 진짜인지 가짜인지를 판별하죠. 생성자는 판별자를 속이는 게 목적이고 판별자는 가짜를 구별하는 게 목적이에요. 이 둘이 서로 경쟁한 결과 진짜 같은 가짜 데이터를 만들어낼 수 있습니다. 진짜 이미지를 바탕으로 진짜 같은 가짜 이미지를 만드는 거죠.

흔히 생성자를 지폐위조범, 판별자를 위폐감별사로 비유하곤 합니다. 위조범은 계속해서 진짜 같은 위조지폐를 만들어내고 감별사는 계속해서 지폐의 진위 여부를 판별해요. 처음에는 위조지폐의 수준이 엉성하더라도 둘이 경쟁하다 보면 진짜 지폐와 구분할 수 없을 정도의 정교한 위조지폐를 만들어 낼 수 있습니다. 이처럼 GAN은 대표적인 비지도학습 방법입니다. 강아지 사진들을 보여주며 이것은 강아지라고, 고양이 사진들을 보여주면서 이것은 고양이라고 컴퓨터에게 알려주는 '지도학습'에는 인간이라는 선생님이 꼭 필요하죠. 반면, 비지도학습에는 인간 선생님이 필요하지 않습니다. 컴퓨터 스스로 학습해서 강아지와 고양이를 구분할 수 있게 되는 거죠. 얼마 전 외신에서 화제가 됐던, 오바마 대통령의 가짜 영상을 만들어낸 것도 GAN이죠."

"저도 봤어요. 정말…… 진짜 같던데!"

듣고만 있던 태형이 끼어들었다.

"그것도 벌써 몇 년 전 이야기죠. 물론 방금 얘기한 정도의 결과를 내려면 상당히 성능이 뛰어나야 할 겁니다만…… 지금의 기술도 그때와는 차원이 다르거든요. 사람 얼굴 인식에 특화된 인공지능이라면 못 할 것도 없죠. 요즘은 인공지능이 스스로 새로운 알고리즘을 만들어내요. 인간이 코딩하는 것보다 빠르죠. 그러면 그중에서 가장 성능이 좋은 알고리즘이 살아남습니다. 거대한 알고리즘의 생태계에서 최상의 결과를 내는 놈만이 적자생존으로 살아남는다는 것. 다윈의 진화론을 연상

케 하죠. 이미 2020년에 구글 엔지니어들이 이런 식으로 작동하는 자동기계학습시스템제로(AutoML-Zero)라는 것을 만들어 냈습니다."

"스스로 진화하는 알고리즘이라니 놀랍네요."

"게다가 지금은 인공으로 뉴런을 만드는 시대입니다. 조셉슨 접합을 이용한 건데…… 생물학적 뉴런보다 백만 배나 빠르고, 에너지 소모는 천 분의 일밖에 안 되죠. 이렇게 성능 좋은 인공 뉴런으로 새로운 칩까지 만들고 있습니다."

"조셉…… 뭐요? 사람 두뇌보다 더 뛰어난 인공두뇌라고요?"

태형의 질문에 영란이 대신 대답했다.

"조셉슨 효과…… 초전도체 사이에 절연체를 끼워 넣어도 전류가 흐르는 현상이에요"

성환이 설명을 이었다.

"몇몇 수치상으로는 그렇다는 겁니다. 그전까지는 인간의 뇌신경구조를 모방한 컴퓨터 소자를 만들어보긴 했는데, 이런 걸 뉴로모픽이라고 부르죠. 이 자체로도 기존의 폰 노이만 방식에 비해 월등한 기량을 보였습니다만, 하드웨어 플랫폼이 여전히 구식이라 인간 뇌를 따라갈 정도가 못 되었어요. 그런데 이걸 인공 시냅스*에 탑재하면? 상황이 달라지죠. 아직은 인간 두뇌를 앞섰다고 말할 수는 없습니다만…… 나중엔 모르죠. 다만…….”

“다만?”

“지금은 인공 뉴런을 만들 때 니오븀이라는 초전도체 전극이 들어갑니다. 그래서 낮은 온도에서만 작동한다는 한계가 있죠.”

“니오븀? 그게 뭐죠? 초전도체는 또 뭔가요? 하 기자도 그 얘길 하던데…….”

“원소 이름입니다. 주기율표 41번. 초전도체란 전기저항이 완전히 0이 되는 물체를 뜻합니다. 아주 낮은 온도에서만 관측됩니다. 절대온도로 100도 미만, 그러니까 영하 170도 아래죠. 상온에서 초전도성을 보이는 물질은 아직 찾지 못했습니다. 찾으면 노벨상은 따놓은 당상이겠죠. 니오븀도 다른 금속과 합금을 만들어 초전도체로 많이 써요. 유럽에 있는 초대형 입자가속기도 니오브-티타늄 합금으로 만든 전선으로 전자석을 만들어서 강력한 자기장을 생성합니다. 아무튼 인공 뉴런에 초전도체가 들어가면 낮은 온도에서만 작동하겠죠.”

* 뉴런은 신경세포. 시냅스는 뉴런의 접합 부위.

"그러니까…… 이 인공 뉴런을 이용한 기술로 인공지능을 만들면 점 몇 개만 갖고도 전체 그림을 그릴 수 있다? 특히 사람 얼굴은?"

"빙고!"

"놀랍군요. 그렇다면 범인은 인공지능 전문가일까요?"

"알 수 없죠. 범인이 인공지능 전문가를 협박했거나 그 능력만 빌렸을 수도 있고요. 아니면…… 피해자가 인공지능과 관계가 있거나요."

피해자 이야기가 나오자 윤태형이 이강덕 형사를 찾았다.

"피해자에 대해서 뭐 좀 나온 게 있나?"

강덕이 파일을 든 채 뛰어와 입을 열었다.

"지문 감식 결과 사망자 신원은 이윤철이 맞습니다. 머리는 잘렸지만 지문이 멀쩡하고 신분증도 그대로 둔 걸 보면 범인이 피해자 신원을 군이 감추고 싶지 않았던 모양입니다."

"그랬겠지. 광화문 사거리에 시체를 매달았다는 건 봐달라고 광고하는 거잖아. 이건 공개처형이나 다름없다고."

"한 가지 특기할 만한 사항이 있습니다. 피해자의 부모가 모두 실종 상태입니다. 다른 가족도 없고요."

"언제부터?"

"일주일쯤 된 모양입니다."

실종이라는 말에 1팀 형사들이 수군거렸다. 영란이 궁금하다는 듯 태형에게 눈짓을 보냈다.

"몇 년째…… 일가족이 사라지는 실종사건이 잊을 만하면 터지고 있어요. 한꺼번에 사라지기도 하고, 한 명씩 사라지기도 하고요."

"미제사건으로 남은 건가요?"

"그게…… 위에서 별로 안 좋아해요. 괜히 그런 거 붙잡고 있지 말고 다른 강력사건이나 해결하라고."

"파헤쳐보면 강력사건일 수 있잖아요. 연쇄살인일 수도 있고."

"제 느낌도 그렇지만…… 사건들 사이의 연관성이 없대요. 알파폴리스라고, 경찰에서 운영하는 인공지능을 돌렸는데, 피해자들 사이 연결점이 없다고 나오더군요."

태형이 머리를 긁적이면서 말하는 와중에 성환이 끼어들었다.

"알파폴리스? 그 구닥다리 인공지능 말인가요? 그게 뭘 분석하기는 합니까?"

형사들이 일제히 도끼눈을 뜨고 성환을 보았다. 태형도 묘한 표정으로 성환을 바라보며 말했다.

"알파폴리스가 많은 사건을 해결하긴 했지요. 서울 아현동 연쇄살인사건, 부산 다대포 토막 살인사건, 인천 연수동 일가족 살해사건…… 옛날 같았으면 다 미제로 빠질 뻔한 사건들이죠. 대한민국 경찰이 그렇게 허술하진 않습니다."

강덕이 옆에 서 있다가 거들었다.

"알파폴리스는 경찰이 보유한 빅데이터를 분석해 사람이 못 하는 일을 해요. 지금은 언제 어디서 어떤 강력범죄가 일어날지 예측까지 한다고요. 범죄 예방에도 큰 역할을 하고요."

성환도 물러서지 않았다.

"그런데 왜 세종로 살인사건은 못 막았죠? 저는 대한민국 공무원들이 하는 거라면…… 일단 의심부터 하고 봅니다."

영란이 급히 끼어들었다.

"까칠한 교수님께서 어련하시겠어요. 하하. 그래도 윤 팀장님, 아무리 인공지능이 결론을 내렸다 해도 완전히 손 놓을 순 없는 거 아닌가요?"

"물론 그렇죠. 근데 일가족 실종사건들은 위에서 압력 아닌 압력이 내려와서…… 그게 어느 선인지도 잘 모르겠어요. 시체라도 발견되면 떠들썩할 텐데 그런 것도 아니고요."

"시체가 발견됐잖아요!"

"이건 이거고요. 다른 사건들하고 관련이 있는지는 수사해봐야죠."

강덕이 다시 끼어들었다.

"경찰청 자료를 보니, 피해자 이윤철이 일본 야쿠자 조직과 관계가 있습니다."

"야쿠자?"

"네, 3대 야쿠자 중 하나인 야마구치구미 산하 미야자키파와 결탁해서 국내 이권 사업을 연결한 모양입니다. 국정원에서도 이윤철을 감시하고 있었고요. 정확한 이유는 아직 모릅니다."

"국정원이라면, 일본을 통해 북한하고 관계가 있는 건가?"

"알 수 없습니다. 다만, 미야자키파가 조직 내 배신자를 처단할 때 이렇게 목을 자르는 경우가 가끔 있다고 합니다. 몸에다 못을 박기도 하고요. 자른 머리 해골을 따로 모아 자신들이 합법적으로 운영하는 회사 로비에 전시한다는군요. 두개골에 희생자 이름까지 새겨서요."

"그러니까 이윤철이 야쿠자 밑에서 일하다가 뭔가 틀어져서…… 야쿠자식으로 처단당했다?"

"그런 가능성을 배제할 수 없겠죠. 딴 주머니를 챘거나 보스의 여자를 건드렸거나……."

형사들이 큭큭거리자 영란이 무심히 내뱉었다.

"오야붕의 여자를 건드렸다면…… 머리가 아니라 좆을 잘랐겠죠. 시체를 매달 땐 윗도리가 아니라 아랫도리를 벗겼을 거고요."

영란의 한마디에 형사들이 일시에 웃음을 터트렸다. 성환도 속으로 낄낄대고 웃다가 갑자기 눈을 크게 떴다.

야쿠자와 인공지능.

"야쿠자와 피해자 사이에 모종의 관계가 있다면…… 일본에서 이런 인공지능을 연구하는 사람들하고 연결돼 있을지도 모르겠네요. 이 바닥의 몇몇 연구진에게 야쿠자 자금이 들어갔다는 소문이 있었습니다."

사무실이 일시에 조용해졌다. 태형이 물었다.

"사실입니까?"

"이 정도 수준을 갖춘 연구진 중 야쿠자와 연계됐다는 소문이 있는 곳은 딱 하나뿐입니다."

"혹시 교토 대학교의 고바야시 연구그룹 말인가요?"

영란이 물었다. 제법인데? 성환이 놀란 표정으로 영란을 보았다.

"고바야시 그룹을 아시는군요?"

"그럼요. 마침 제가 며칠 뒤에 고바야시 교수를 인터뷰하기로 했어요. 이번 주에 한국을 방문한다기에 미리 섭외해뒀죠."

태형의 눈이 반짝였다.

"마침 잘됐군요. 그렇다면…… 고바야시 그룹의 기술로 드론을 날리고, 이미지를 그리고, 타카핀을 박았다는…… 일련의 혐의에 대한 구체적인 증거를 확보할 수 있을까요?"

"글쎄요. 이 정도 실력을 가진 연구진이 이 바닥에는 몇 되지 않습니다. 물론 정황일 뿐입니다만."

"그림을 통해 화가의 정체도 판별할 수 있다면서요. 교수님이 가진 장비와 기술로 이 그림이 고바야시 연구진에서 나왔다는 걸 입증할 수는 없겠습니까?"

"제가 가진 장비는 장난감 수준이라 신뢰할 만한 결과를 내기 어렵지만……."

"어렵지만?"

"저 말고 그걸 검증할 수 있는 곳이 한국에 하나 있긴 합니다."

"그게 어딥니까?"

4

6월 25일 화요일

내가 괜히 나선 건 아닐까.

성환은 현관문을 나서며 문득 생각했다. 폭우가 언제 내렸나는 듯 쨍한 햇볕이 아침부터 도시를 달구고 있었다. 아파트 입구에서 기다리고 있던 태형, 영란과 합류했다. 오전 중으로 함께 만나기로 한 사람이 있었다.

대명대학교 문혜진 교수. 양자인공지능연구소 소장. 문혜진은 원래 뇌신경외과 전문의였으나 뒤늦게 물리학과에서 생물물리학으로도 박사학위를 받은 타고난 천재였다. 인간 뇌에 관한 한 생물학적으로나 물리학적으로나 가장 정통한 사람이었다. 역시 물리학자인 남편 홍경수 교수와 함께 국내 최초로 양자컴퓨터 실용화에 성공했고, 여기에 최적화된 인공지능 알고리즘을 개발해 인공지능의 성능을 획기적으로 개선했다. 그 공로로 국가과학자의 반열에 올라 정부의 전폭적인 지원을 받고 있다. 특히 그가 개발한 양자컴퓨터 기반 인공지능 '황진이'는 국가전략자산으로 지정돼 정보기관의 보호를 받고 있다. 물론 문혜진 소장도 경찰의 경호를 받는다. 성환은 혜진에 비해 젊었지만 같은 물리학과 출신이라 서로 아는 사이였다.

"근데, 양자컴퓨터라는 게 대체 뭔가요? 컴퓨터를 양자로 들였다는 건가?" 운전대를 잡은 태형이 물었다.

뒷자리의 영란이 피식 웃으면서 쏘아붙였다. "아휴, 그게 무슨 아재 개그예요?"

성환이 조수석에서 대답했다.

"양자역학의 근본원리로 작동하는 컴퓨터죠. 지금의 컴퓨터는 0과 1로 모든 정보를 표현합니다. 반도체에 전류가 흐르냐 안 흐르냐, 동전이 앞면이냐 뒷면이냐. 그게 정보의 기본 단위예요. 그 단위를 흔히 '1비트'라고 부르죠."

"그런데 양자컴퓨터는 비트를 사용하지 않는 컴퓨터다?"

"그렇습니다. 양자역학에서는 0과 1 또는 동전의 앞면과 뒷면이 섞여 있는 이상한 상태가 가능합니다. 뉴턴역학에서는 이런 상태가 없죠. 예컨대 동전을 던졌다가 받았을 때, 뉴턴역학에서는 손을 펴기도 전에 동전이 앞면인지 뒷면인지 명확하게 결정됩니다. 반면 양자역학에서는 손을 펴기 전까지 결정되지 않습니다. 앞면과 뒷면이 섞여 있는 아주 이상한 상태. 이걸 양자중첩이라고 하죠. 영어로는 quantum superposition…….”

“설마 앞면과 뒷면이 포개져 있단 말인가요?”

“맞습니다. 마치 지하철에서 여러 사람의 목소리가 뒤섞여 들리는 것과도 비슷해요. 그러다 누군가의 얼굴을 집중해서 보면 다른 사람의 목소리는 사라지고 그 사람의 목소리만 들린다는 겁니다. 동전의 경우도 마찬가지예요. 어느 것 하나로 결정되지 않은 거죠. 동전의 앞면과 뒷면이 결정되는 것은 손을 펴는 순간입니다. 즉, ‘관측’이 일어나면 중첩이 붕괴되고, 가능한 상태들 중 하나의 상태로 귀착해요. 앞면인지 뒷면인지 확인하기 전까지는 다만 양자역학적 계산을 통해 그 확률을 알 수 있습니다. 그 유명한 ‘양자역학의 코펜하겐 해석’이죠. 물론 동전은 워낙 거시적인 물체라 실제 동전에서는 이런 효과가 생기지 않습니다만. 혹시…… ‘슈뢰딩거 고양이’라고 들어보셨나요?”

“고양이요?”

성환은 짧게 한숨을 쉬고 설명을 이었다. “고전물리학에 따르면, 학생이 시험을 치기 전 점수를 알 수 있습니다. 시험을 둘러싼 조건과 출제자, 시험장소 등 정보를 안다면 말이죠. 하지만 코펜하겐 해석은 다릅니다. 양자역학의 규칙에 따라 수험생의 상태를 계산해 확률만 알 수 있는 거죠. 0점을 받을 확률이 얼마, 100점을 받을 확률이 얼마, 하는 식으로요. 즉, 학생의 점수는 모든 점수의 확률분포로만 존재해요. 이런 상태를 양자중첩이라고 합니다. 가능한 모든 점수의 상태가 확률적으로 섞여 있다가 채점을 하고 점수를 확인하는 순간 하나의 점수로 고착(collapse)되는 셈이죠. 성적표를 확인하는 과정이 물리적으로는 '관측' 또는 '측정'에 해당하는 행위고요."

태형이 고개를 갸웃했다.

"그럼 고양이는 뭔가요?"

"오스트리아의 물리학자 에르빈 슈뢰딩거의 사고실험이에요. 슈뢰딩거는 코펜하겐 해석이 얼마나 말도 안 되는지를 증명하기 위해 고양이를 이용한 사고실험을 고안했습니다. 상자 안에 고양이를 가두고 방사성 원소를 같이 집어넣는데, 만약 이 원소가 1시간 뒤에 붕괴하면 방출된 입자가 망치 달린 기계장치를 작동시키고, 결국 망치가 독병을 깨어서 고양이가 죽어요. 고양이와 장치를 세팅하고 뚜껑을 덮은 뒤 1시간, 고양이는 어떻게 되었을까요? 고전물리학에 따르면 고양이의 생사는 상자가 세팅된 직후 결정되죠. 하지만 코펜하겐 해석에 따르면 상자 속 방사성 원소는 붕괴와 미붕괴의 중첩상태에 있고, 고양이도 생과 사의 중첩상태에 있게 됩니다."

"그러니까 코펜하겐 해석이 틀렸다는 건가요?"

태형이 씩 웃으며 성환을 보았다. 성환은 설명을 덧붙였다. 고양이는 거시적인 시스템이라 중첩상태에 있을 수 없지만 원자 이하의 미시세계에서는 실제로 슈뢰딩거 고양이 상태, 즉 중첩상태가 얼마든지 가능하며 실험으로도 검증되었다고. 2011년 노벨 물리학상도 그것과 관련이 있다고.

"범인인 줄 알고 잡았지만, 수갑 채우고 얼굴 까기 전에는 범인인지 아닌지 아직 정해지지 않았다?"

"비슷합니다. 코펜하겐 해석을 싫어했던 아인슈타인이 닐스 보어에게 이런 말을 했다죠. '보어 박사, 내가 달을 안 봤다고 해서 달이 저기 없다는 말이오?'"

영란도 질문에 가세했다.

"근데 교수님, 관측이라고 하면 사람이 측정 기구로 보는 걸 말하나요?"

"넓은 의미로 봤을 때 주변과 상호작용하면 관측이 일어난 것으로 생각할 수 있습니다. 그러므로 중첩상태를 유지하려면 주변과 극단적으로 차단되어야겠죠. 아까도 말했시만 슈뢰딩거 고양이의 경우, 고양이는 충분히 거시적이라 어떤 형태로든 관측이 일어날 수밖에 없어서 중첩상태에 있을 수 없습니다."

"중첩상태가 컴퓨터와 무슨 상관인가요?"

대화는 이제 성환과 영란 사이에서 오갔다.

"동전의 앞면과 뒷면이 중첩된 정보 단위를 큐비트라고 부릅니다. 큐비트의 장점은 앞면과 뒷면을 동시에 구현할 수 있다는 거죠. 이런 큐비트를 2개 붙여놓으면 2의 제곱 즉 네 가지 상태를 동시에 표현할 수 있겠죠. 만약 10개를 붙여놓으면? 천스물네 가지 상태를 한꺼번에 표현할 수 있습니다. 그렇다면 큐비트를 N개 붙여 놓으면 재래식 컴퓨터보다 2의 N제곱만큼 계산상의 이득을 볼 가능성이 생기죠."

"양자컴퓨터가 다룰 수 있는 경우의 수가 기하급수적으로 늘어난다는 얘기죠?"

"그렇습니다. 재래식 컴퓨터라면 오래 걸릴 계산을 양자컴퓨터는 순식간에 할 수 있습니다. 대표적으로, 큰 숫자를 인수분해하는 문제는 양자컴퓨터 알고리즘으로 쉽게 풀 수 있다는 게 이미 밝혀졌죠."

"이 양자컴퓨터가 인공지능을 만드는 데에도 도움이 된단 말인가요?"

"엄청난 정보를 순식간에 처리할 수 있으니 훨씬 유리하겠죠. 하드웨어만으로 되는 건 아니지만, 빅데이터를 능수능란하게 다루게 되면서 인공지능이 발전한 것도 사실이니까요. 어제 말씀드린 GAN 이야기 기억 나시죠? 만일 양자컴퓨터에 GAN을 결합하면 어떻게 될까요? 가짜 데이터의 생성과 판별이 훨씬 대규모로, 다양하게, 한꺼번에 이루어질 수 있겠죠. 말하자면 여러 가지 버전의 위폐를 한꺼번에 만들어 한꺼번에 검증하거나, 여러 나라 화폐에 대해 한꺼번에 위조와 검증을 할 수도 있겠죠. 이런 양자컴퓨터가 비지도 기계학습을 한다면? 우리가 생각지도 못한 일을 인공지능이 해낼지도 몰라요. 이미 퀀텀 머신러닝이라는, 양자소자와 양자 알고리즘과 머신러닝을 결합하는 연구가 활발하게 진행 중입니다. 이들의 만남은 어쩌면 필연이라고 봐야겠죠."

성환이 여기까지 말했을 때 창밖으로 한강이 보였다. 대명대학교로 가는 길은 그리 막히지 않았다. 어제 그 난리가 있었던 게 맞나 싶을 정도로 서울은 평온했다. 한강을 건너 대명대학교에 도착하기까지 셋은 아무 말이 없었다. 방학을 맞은 캠퍼스는 한산했다. 캠퍼스 전체를 넉넉히 안은 듯한 대명산은 비온 뒤 한층 녹음이 짙어졌다. 인공지능연구소는 캠퍼스 안쪽, 가장 깊숙한 곳에 자리 잡고 있다. 정면의 본관은 주로 행정이나 공개 행사, 학회 등을 위한 공간이고 그 뒤에 있는 별관 연구동에 각종 연구실과 설비가 들어서 있다. 별관 뒤로는 대명산의 능선이 떡하니 버티고 있다. 아주 높은 산은 아니지만 바위가 많고 산세가 험한 데다 별관 뒤쪽은 등산로도 없이 가파르게 능선이 시작돼 본관 앞에서 바라보니 제법 위압감이 느껴졌다.

성환 일행은 연구소 앞 주차장에 차를 세웠다. 외부 차량은 지하주차장에 들어갈 수 없었다.

대학부설연구소답지 않게 현관에서부터 삼엄한 검색대가 그들을 맞았다. 외부인은 신분증을 맡기고 방문증을 받아야 출입이 가능하다고 했다. 스마트 기기 등에 부착된 카메라에는 봉인 스티커가 붙었다. 신체검사와 소지품 검사도 공항보다 더하면 더했지 덜하지 않았다.

*

"윤태형 팀장님? 소장님께서 기다리고 계십니다."

소장실 앞 비서실 직원이 일행을 맞았다. 연구소가 아니라 호텔 로비 같았다. 문혜진의 얼굴을 보기 전부터 태형과 성환은 어쩐지 기가 죽어 있었다. 소장실에 들어가보는 것은 성환도 처음이었다. 영란은 취재하러 와본 적이 있다고 했다.

"어서 오세요! 하 기자, 오랜만이네? 조 교수는 여기 처음이지?"

소장실 문이 열리고 혜진이 반갑게 일행을 맞이했다. 소장실은 널찍하면서도 소박했다. 자리에 앉아 간단하게 인사를 하는 동안 비서가 차를 가져왔다.

"부탁하고 싶은 게 있다고요?"

"우선 이것부터 좀 봐주세요."

태형이 랩톱을 펼치고 동영상 파일을 열었다.

"어제 있었던 세종로 살인사건 동영상입니다. 드론 다섯 대가 편대 비행으로 시신을 배달하는 장면이죠."

태형은 혜진이 볼 수 있도록 랩톱의 방향을 돌렸다.

"이런 수준의 비행을 인공지능이 제어할 수 있을까요?"

"제가 드론 전문가는 아닙니다만…… 충분히 가능해 보이는데요? 폭우가 쏟아지는 와중이긴 해도, 드론 스스로 주변 물체를 인식, 원하는 지점까지 찾아가는 건 어렵지 않아요."

"원하는 지점까지 찾아가는 것 말고도, 여기 보세요. 드론이 고리 모양 자일을 아주 정확한 위치에 떨어뜨립니다. 별다른 위치 조정도 없이 말이죠. 이게 가능하단 말씀입니까?"

"기계니까 이렇게 했겠죠. 사람이라면 절대 못 했을 겁니다."

"그렇다면 여기 있다는 '황진이'도 충분히 구현할 수 있겠군요."

"그럼요. '황진이'는 한국 최고, 아니 세계 최고 수준이니까요. 하지만 황진이가 아니어도 어지간한 대학이나 연구소에서도 비슷하게 만들 수 있을 거예요."

"그렇다면 이건 어떻습니까?"

태형은 랩톱을 다시 가져와 새로운 파일 하나를 열었다.

"시신의 가슴에 새겨진 타카핀 그림입니다. 좀 끔찍하지만……."

혜진의 얼굴이 일그러졌다.

"누가 사람 몸에 이런 짓을……."

"조성환 교수는 이것도 기계가 새겼을 거라는군요."

성환이 웃으며 끼어들었다.

"타카핀 수십만 개를 사람이 일일이 박았을 리 없으니까요. 그보다 중요한 건…… 소장님, 제가 간단하게 프로그램을 돌려보니 원본 이미지를 그리는 과정에서 인공지능이 사용된 것 같습니다. 윤 팀장님, 제가 분석한 결과 좀 보여주시죠."

태형이 새로운 파일을 열었다. 문혜진이 흥미롭다는 듯 랩톱 가까이 다가 앉았다.

"간단하게 분석한 결과, 이 이미지를 구성하는 점들이 크게 두 부류로 나눠지더군요. 왼쪽에 엉성한 점들이 소스로 추정되는 이미지이고요. 오른쪽에 비교적 선명한 점들이 인공지능의 작업물로 추정됩니다."

"흥미롭군요."

혜진이 눈을 가늘게 뜨고 모니터를 뚫어져라 보았다. 태형이 말했다.

"조사해보니 피해자가 일본 야쿠자 조직과 관계가 있는 것 같습니다. 우선은 그쪽으로 알아보는 중인데요, 도움을 얻을 수 있을까 해서 찾아왔습니다."

그러자 잠자코 있던 영란이 나섰다.

"뭘 그리 답답하게 말씀하세요? 소장님, 일본의 고바야시 연구그룹이 유력한 용의자래요. 이 오른쪽 그림이 고바야시 그룹의 알고리즘이 그린 그림과 일치하는지의 여부를 알고 싶어요."

형사보다 낫네. 성환은 속으로 웃었다. 혜진이 대답했다.

"교토 대학교의 고바야시 말이군요. 저희가 알아볼 수는 있습니다만…… 완벽하지는 않습니다."

"여기 있는 '황진이'라는 장비가 세계 최고 수준이라고 하셨잖아요."

"물론 그렇긴 합니다. 하지만 이건 사람의 지문과는 달라요.

같은 알고리즘과 같은 학습 자료를 사용했다면 같은 결과를 얻는 게 인공지능입니다. 게다가 그 특징이 명징하게 드러나지 않을 수도 있죠."

"저희로서는 단서 하나가 절실합니다. 부탁드리겠습니다."

"여긴 국과수가 아니에요. 살인사건 수사 말고도 국가를 위해서 할 일이 많습니다. 지금 남편과의 공동작업으로도 시간이 모자라요."

순간 성환의 눈빛이 반짝였다. 남편이라면 그 유명한 홍경수 교수 아닌가.

"홍 교수님과도 공동연구를 하시나요?"

"물론이지. 양자광학을 하는 사람이라 데이터 분석할 게 많아서…… '황진이'가 한몫하고 있어."

"어떤 연구인지 구체적으로 여쭈어도 될까요?"

"기밀이야. 양자얽힘에 관한 것이라고만 해두지. 최종 결과가 나올 때까지는 발설할 수가 없어요."

"소장님, 이 사진도 기밀에 속하는 사안인데…… 한번 도와주시죠. 이번 수사가 잘되면 '황진이' 같은 인공지능이 범죄 해결에 큰 도움이 되었다는 좋은 선례를 남기지 않겠습니까?"

태형이 애원하듯 매달렸다.

"정 그렇다면…… 좋습니다. 해보죠. 파일을 저희 비서실에 이메일로 보내주세요. 더 궁금하신 건 없으신가요?"

혜진이 자리에서 일어나려 하자 영란이 불쑥 내뱉었다.

"소장님, 혹시 '황진이'를 구동하는 양자컴퓨터 구경 좀 할 수 있을까요?"

"함부로 보여줄 수 있는 건 아닌데…… 특별한 손님이니 온 김에 보고 가세요. 촬영은 안 됩니다."

혜진은 인터폰으로 비서에게 무언가 지시했다. 태형 일행은 짐을 챙겼다. 윤태형은 랩톱을 닫기 전에 이메일로 비서에게 사진을 전송했다. 곧 30대 초반으로 보이는 연구원이 들어와 안내를 맡은 김남훈 박사라고 자신을 소개했다.

*

세 사람은 김남훈을 따라 소장실을 나와 별관으로 향했다. 별관은 별도의 출입구 없이 본관을 통해서만 들어갈 수 있었다. 김남훈이 설명했다.

"저희 연구소에서는 여러 대의 양자컴퓨터를 시험 운용 중입니다. 인공지능 '황진이'도 여러 버전이 있고요. 아시다시피 연구소 전체가 국가보안시설이라 많은 것을 공개할 수 없습니다. 방문객을 위해 양자컴퓨터 한 대는 공개적으로 운영하고 있습니다."

공개된 연구실이라고 완전히 개방된 건 아니었다. 연구실의 2층 통로를 따라 정해진 루트로만 움직일 수 있었고, 유리창을 통해서만 내부를 들여다볼 수 있었다. 한가운데에 진공 용기가 설치돼 있었고 그 주변으로 배관과 배선, 장비들이 어지럽게 연결돼 있었다.

"이 녀석은 가장 전형적인 양자컴퓨터입니다. 이온트랩 방식으로 큐비트를 구현하는데요. 원자핵에서 전자를 떼어내면 이온이 되죠. 여기에 레이저를 쏘아 거의 움직이지 않게 붙잡아두는 방식을 이온트랩 방식이라고 합니다."

"여기 큐비트가 몇 개나 되죠?"

성환이 흥미롭다는 듯 물었다. 김남훈이 대답했다.

"이건 주로 방문객을 위한 시험용이라 100개 정도만 연결돼 있습니다. 100개만 되어도 기존 슈퍼컴퓨터보다 훨씬 빠르죠. 잘 아시겠지만, 2019년 구글이 시커모어라는 양자 프로세서 칩을 개발했잖아요. 시커모어는 겨우 53개의 큐비트만으로도 사상 최초로 기존의 슈퍼컴퓨터를 능가하는 성능을 선보였습니다. 200초 동안 고작 백만 번 샘플링할 정도였는데, 당시 최고 성능의 슈퍼컴퓨터인 IBM의 서밋으로는 1만 년 걸릴 계산이었죠. 물론 IBM은 이틀 반이면 충분하다고 반박했습니다만.

지금은 최소 큐비트 100개는 넘어야 어디 가서 명함이라도 내밉니다. 게다가 '황진이'라는 복잡한 인공지능 알고리즘을 무리 없이 돌리려면 최소 이 정도는 돼야 합니다."

"실제 연구에 쓰이는 컴퓨터에는 큐비트가 훨씬 더 많겠죠?"

"물론입니다. 정확한 수치는 밝힐 수 없습니다. 아시다시피, 어떤 결과가 나와서 논문으로 나갈 때만 해당 실험에 사용된 큐비트의 개수를 공개하고 있습니다."

"들리는 소문으로는, 이 연구소에서 사용하는 큐비트는 두 개의 양자상태가 아니라 무려 열 개의 양자상태를 사용한다는데…… 사실인가요?"

김남훈이 흠칫 놀란 얼굴로 성환을 쳐다보았다.

"연구 중입니다."

성환은 재밌다는 듯 김남훈을 바라보며 말했다.

"만약 열 개의 중첩상태를 활용한 큐비트를 만들 수 있다면, 그 자체로 십진법 계산을 바로 할 수 있지 않나요? 계산 속도도 2의 N제곱이 아니라 10의 N제곱으로 엄청나게 빨라질 테고요."

"이론적으로는 그렇습니다만, 현실에서 구현하는 건 또 다른 문제겠죠. 저희도 열심히 연구하고 있습니다."

"오류 정정은 어떻게 하나요?"

"하하…… 그게 핵심인데 말씀드릴 수는 없죠. 놀라울 정도로 성공적으로 오류를 바로잡는 방법을 찾았다고만 말씀드리겠습니다."

"여기서는 이온트랩 방식만 쓰나요?"

"초전도체 방식도 있어요. 위상학적 양자컴퓨터도 연구는 하고 있습니다."

"무슨 외계어 같네요."

태형이 퉁명스럽게 끼어들었다. 영란은 스마트폰으로 대화를 녹음했다.

"나중에 세종로 사건 해결되면 다시 취재하러 와야겠어요."

유리창 투어는 30분 만에 끝났다. 김남훈은 연구실로 돌아갔고 방문객 셋은 로비에 맡긴 신분증을 되찾아 밖으로 나왔다. 주차장에 이르자 영란이 입을 열었다.

"고바야시하고 인터뷰하기 전에 결과가 나올까요?"

"아마 그럴 겁니다. 그리 오래 걸리진 않을 거예요. 근데, 인터뷰 때 우리도 같이 가면 어떨까요?"

"일단 문 소장님 결과가 나온 뒤에 생각해봅시다. 합치하는 걸로 나오면…… 그땐 우리도 같이 가야겠죠. 그리고 두 분 모두 당분간은 보안 유지를 해주셨으면 합니다."

성환은 태형의 말을 듣는 둥 마는 둥 딴청을 피웠다.

"저는 여기 온 김에 만나볼 사람이 있습니다. 두 분 먼저 가시죠."

성환은 어딘가로 전화를 걸며 주차장을 빠져나갔다.

5

6월 25일 화요일

"형! 정말 오랜만이네요. 완전 $1/H_0$이야."

물리학과 건물 로비. 이찬규의 훤칠한 키와 뚜렷한 이목구비는 멀리서도 눈에 띄었다. 찬규는 성환을 보고 달려와 반갑게 인사말을 건넸다. H_0은 허블상수로, 우주가 팽창하는 정도를 나타내는 숫자이고, 허블상수의 역수인 $1/H_0$은 대략적인 우주의 나이에 해당한다. 학과 선후배 사이인 찬규와 성환은 학부 시절부터 이런 썰렁한 '물리 유머'를 즐기곤 했다.

"우리 학교에 웬일이에요? 아직 점심 전이죠? 같이 밥이나 먹어요. 제가 좋은 데로 모실게요."

"좋지. 근데, 강세연 박사님은 같이 안 가나?"

"잠깐 볼일 있다고 밖에 나갔어요. 식당으로 바로 올 거예요."

찬규는 성환을 데리고 주차장으로 향했다. 차 안에서 조성
환이 말했다.

"강 박사가 여기로 온 지도 벌써 3년인가?"

"그러네요. 세월 참……."

대학교 정문 앞은 황량하기 이를 데 없어 변변한 식당을 만
나려면 차로 5분은 달려야 했다. 찬규가 안내한 곳은 한식당
이었다.

"뭘 이렇게 멀리까지 오냐."

"간만에 오셨는데 좋은 데로 모셔야죠. 여기 사람도 별로 없
고 조용하고 맛있어요. 완전 5-시그마야."

5-시그마란 어떤 데이터 값이 평균에서 표준편차의 5배 이
상 떨어질 확률을 나타내는 말로, 대략 350만 분의 1에 해당
하는 확률이다. 이 정도로 희박한 확률의 이벤트를 확인하면
과학적인 발견으로 인정된다. 오랜만에 나누는 물리 유머에
성환은 다시 웃음을 터트렸다.

둘은 조그만 별실로 들어갔다. 몇 분 지나지 않아 강세연이
도착해 찬규 옆에 앉았다. 찬규가 불쑥 물었다.

"학교엔 갑자기 웬일이세요?"

"인공지능연구소의 문 소장님 좀 뵈려고. 너한테는 사모님

이지?"

문 소장이라는 말에 이찬규는 흠칫 놀라는 듯했다. 찬규는 문혜진의 남편인 홍경수 교수에게 박사학위를 받고 지금은 그의 연구실에서 일하고 있다. 성환에게는 학과 2년 후배로, 학부와 대학원 시절 내내 막역한 사이였다. 자신보다 네 살 연상인 세연과는 연인 사이였다. 세연은 미국에서 박사 학위를 받고 박사 후 연구 과정을 하던 중 이찬규가 있는 홍경수 연구실에 연구교수로 오게 되었다. 이번에는 세연이 물었다.

"무슨 일로요?"

"어제 그 사건 알죠? 세종로 살인사건. 거기서 어떤 이미지가 나왔는데……."

"뉴스에선 그런 거 못 본 거 같은데요?"

"자세한 건…… 저도 잘 몰라요." 성환은 얼버무리며 말을 이었다. "아무튼 이미지가 나왔는데, 분석을 좀 하고 싶다는 경찰 요청이 있어서 인공지능 전문가의 도움이 필요했어요."

마침 주문한 음식이 나와서 잠시 성환은 말을 끊었다.

"근데 홍 교수님은 요즘 무슨 연구해? 문 소장님하고도 공동작업한다던데."

"우리 보스요? 그건……."

이찬규는 물을 한 모금 마시고 쓴웃음을 지으며 세연을 바라보았다. 세연도 비슷한 표정을 띠었다. 찬규가 뜸을 들이는 동안 성환은 문득 홍경수 교수와의 일들을 떠올렸다.

몇 년 전 성환은 세미나가 끝난 뒤 홍경수와 함께 식사를 하게 되었다. 우연히도 국내에서 학위를 받은 교수와 연구원들만 있는 자리에서 미국에서 학위를 받은 홍경수와 김 교수는 요즘은 국내에서 박사 받은 것들이 교수를 한다며 한탄을 늘어놓았다. 김 교수도 이러니 대학이 망해가는 거라고 혀를 찼다. 이어지는 대화도 기가 막혔다. 지금은 미국이 최강국이니 미국에 빌붙어야 먹고살 수 있듯, 일제강점기에는 일본에 빌붙어 먹고사는 게 당연했다, 나라든 사람이든 힘이 세면 주변을 핍박하게 돼 있고, 그건 자연의 법칙이다. 성환은 아무 대꾸 없이 밥만 먹었다. 다른 젊은 친구들도 마찬가지였다.

홍경수 교수는 양자역학 분야 국내 최고의 권위자이다. 이공계 교수로는 드물게 뉴라이트 운동을 공개적으로 열심히 하는 것으로도 유명했다. 그러나 1인자로서의 여유나 아량은 그에게 없었다. 대학원생들을 하대하고 하인처럼 부려먹는 경우가 허다했고, 명절 기차표 예매는 물론 온갖 집안 행사들도 그들의 몫이었다. 이사 비용을 줄이기 위해 남자 대학원생을 불러 짐꾼으로 썼다. 물론 여자 대학원생도 이삿짐센터의 '아줌마'와 함께 주방을 맡았다. 그럼에도 해마다 많은 학생들이 홍경수 연구실에 몰린 것은 그의 영향력 때문이었다. 홍경수는 자신의 제자들이 박사 학위를 받고 교수 자리를 구할 때마다 적극적으로 나서서 임용을 도왔다. 학생들은 홍경수의 눈에 들기 위해서 치열하게 경쟁했고 선후배끼리 배신과 이합집산을 거듭하기도 했다. 홍경수는 학생들 사이의 암투와 경쟁을 은근히 즐겼고, 버티지 못하고 떠나는 학생도 적지 않았다.

홍경수가 여자 대학원생들에게 성추행을 일삼는다는 것 역시 공공연한 비밀이었다. 연구실에 들어간 이찬규는 선덕여대 출신의 대학원생 희영과 사귀었다. 희영은 회식 자리며 노래방에서 벌어지는 홍 교수의 추행을 털어놓았고, 찬규는 아르바이트를 마친 밤 늦은 시각에도 희영을 데리러 연구실에 달려가곤 했다. 하지만 홍 교수가 희영을 자신의 연구실에서 강간하려 하는 장면을 마주하고 말았다.

얼마 후 희영은 학교를 떠났다. 찬규와도 헤어졌다. 대학원에는 이상한 소문들이 돌았다. 홍 교수가 찬규에게 거액의 장학금을 끌어다주며 무마했다, 홍 교수가 이찬규와 둘이서만 논문을 쓰면서 연구 실적을 몰아주려 한다, 박사 조기졸업도 약속했다, 이찬규가 여자친구를 팔아먹었다더라……. 성환은 소문이야 어찌 되었든 끝까지 찬규의 편에 서기로 했다.

"우리 보스가 뭘 하는지는 인터넷에 다 나오잖아요. 누가 무슨 논문 쓰고 있는지."

찬규의 퉁명스러운 대답에 성환은 다시 정신을 차렸다.

"원래 연구하시던 게 양자얽힘 아냐?"

"그렇죠. 광자를 이용한 양자얽힘. 알면서."

미시세계에서는 빛도 입자 알갱이처럼 행동한다. 그 빛 알갱이를 광자라고 부른다. 광자를 이용한 양자얽힘이라······. 양자얽힘은 양자역학에서도 가장 신비로운 현상 중 하나이다. 조성환은 양자얽힘이라는 말을 하거나 들을 때마다 흥부와 놀부를 떠올렸다. 이 개념이 워낙 어려워서 흥부와 놀부를 예로 들어 학생들에게 설명하곤 했기 때문이었다.

하얀 박씨와 검은 박씨가 함께 들어 있는 똑같은 주머니가 둘 있다. 흥부와 놀부에게 주머니를 하나씩 준다. 흥부와 놀부는 주머니에서 딱 하나의 박씨만 꺼낼 수 있다. 이 경우 흥부가 어떤 색깔의 박씨를 꺼내든 놀부의 결과에는 전혀 영향을 주지 않는다. 흥부가 자신의 주머니에서 박씨를 꺼내는 사건과 놀부가 자신의 주머니에서 박씨를 꺼내는 사건이 서로 독립적이기 때문이다. 하지만 흥부와 놀부가 하나의 주머니에서 박씨를 하나씩 꺼낸다면? 이때는 흥부의 결과가 놀부의 결과와 강력하게 연결된다. 흥부가 하얀 박씨를 꺼내면 놀부는 반드시 검은 박씨를 꺼낼 것이기 때문이다. 여기까지는 아직 양자역학적인 신비감이 없다. 이제 박씨가 코펜하겐 해석의 양자중첩과 측정에 의한 붕괴라는 규칙을 따르면 어떻게 될까? 흥부가 박씨를 하나 꺼냈지만 손바닥을 펴기 전까지는 관측이 일어나지 않았으므로 흥부의 박씨는 하얀색과 검은색의 중첩 상태에 놓이게 된다. 즉 확률분포로만 존재한다. 놀부의 박씨도 마찬가지이다. 흥부가 박씨의 색깔을 확인하는 순간 중첩 상태는 깨지고 하나의 상태만 남게 된다. 놀부의 박씨도 흥부의 관측에 의해 중첩상태가 깨지고 하나의 상태로 고착된다. 놀부가 자신의 박씨를 확인하지 않았더라도 말이다. 그러니까 놀부의 박씨 상태는 흥부가 박씨를 확인하느냐 마느냐에 따라 결정된다. (반대의 경우도 마찬가지이다.) 흥부와 놀부가 아주 멀리, 우주 끝에서 끝까지 떨어져 있더라도. 서로가 서로를 볼 수도, 평생 소식을 주고받을 수도 없다 해도 흥부의 선택이 놀부의 상태를 결정한다. 이것이 '얽힘'이다. 그렇다고 해서 물리적인 신호가 즉각적으로 전달되는 것은 아니다. 이는 상대성이론의 광속불변에 어긋난다. 놀부는 흥부가 박씨를 확인했는지 알 길이 없다. 즉, 흥부의 결정에 따라 자신의 박씨의 상태가 이미 결정돼 있더라도 정작 놀부 자신은 그 사실 여부를 모른다. 이런 의미에서 물리적인 정보가 흥부에서 놀부에게 즉각 전달되는 것은 아니다. 주머니 하나에서 박씨를 나눠 갖는 예시는 가장 간단한 경우이다. 새로운 종류의 박씨를 담은 새 주머니가 추가되고 하이젠베르크의 그 유명한 불확정성의 원리까지 따지기 시작하면 상황은 대단히 복잡해진다.

슈뢰딩거가 슈뢰딩거 고양이 실험을 제안했던 1935년, 이미 미국에 있던 아인슈타인은 포돌스키, 로젠과 함께 양자역학이 불완전하며 우리 우주에는 이른바 '숨은 변수(hidden variable)'가 있어 이것만 발견하면 모든 문제가 해결될 것이라고 주장했다. 이 논문은 저자 세 명의 머릿글자를 따서 'EPR 논문'이라 불린다. 이후 수십 년 동안 과학자들은 EPR을 검증하기 위해 노력했다. 하지만 지금까지의 수많은 실험은 한결같이 EPR을 기각하고 양자역학을 지지하는 결과를 보여줬다.

"최근 논문에 보니…… 양자얽힘을 이용해 광자의 과거 경로를 역추적할 수 있다며? 그거도 너네 연구실에서 나온 거 맞지?"

"가장 흥미로운 성과 중 하나죠."

"과거 경로를 역추적한다는 게 어떤 거야?"

"양자역학은 기본적으로 유니터리(unitary) 변환이잖아요. 그래서 정보가 보존되고……."

"그래서 블랙홀에서도 정보가 손실되지 않는다고 거의 결론이 났지."

1970년대 초반, 스티븐 호킹은 블랙홀이 에너지를 방출하면서 증발한다는 놀라운 결과를 발표했다. 이를 '호킹 복사'라 부른다. 블랙홀은 표면중력이 너무나 강해 빛조차도 빠져나올 수 없다. 스마트폰을 블랙홀에 던지면, 스마트폰에 저장된 정보는 결코 블랙홀 밖으로 빠져나갈 수 없다. 상대성이론에 따르면 우주에서 빛보다 빠른 물리적인 신호는 존재할 수 없기 때문이다. 그런데, 블랙홀이 증발하면 어떻게 될까? 호킹은 블랙홀의 모든 정보가 사라진다고 주장했고, 이 주장은 큰 파문을 일으켰다. 양자역학에서는 정보가 절대 사라지지 않기 때문이다. 호킹의 주장대로라면 양자역학이 틀렸거나, 적어도 블랙홀에서는 양자역학이 작동하지 않는다는 얘기다. 이를 둘러싼 논쟁을 '정보 모순'이라 하며 21세기에 들어서도 논쟁은 계속되고 있다. 양자역학에서 정보가 보존되는 것은 물리 시스템이 시간에 따라 변화하는 과정이 일원성(unitarity)을 갖기 때문이다. 시간에 따른 변화가 일원적이면 미래도 하나로 정해진다. 또한 현재로부터 과거의 상태를 복원할 수 있다. 그런 의미에서 정보는 '보존된다.' 단, 여기서 관측은 예외이다. 관측이 일어나면 중첩상태가 하나의 상태로 고착되기 때문이다. 호킹은 2005년 기존의 자기 견해를 바꿔서 블랙홀이 증발해도 정보는 손실되지 않는다는 내용의 논문을 발표했다. 최신 끈 이론에서의 성과가 큰 역할을 했다. 논문 말미에 호킹은 존 프레스킬이라는 물리학자와의 에피소드를 써놓았다. 호킹은 정보 손실에, 프레스킬은 정보 보존에 내기를 걸었다. 진 사람이 이긴 사람에게 백과사전을 주기로 한 것이다. 호킹은 논문을 쓰면서 패배를 인정한다는 뜻으로 프레스킬에게 야구백과사전을 보냈다. 그러면서 야구백과사전을 태운 재를 보낼걸 그랬다고 논문에 썼다. 스티븐 호킹은 2018년 3월 14일에 사망했다. 화이트데이에 돌아가시다니, 죽는 순간까지도 참 낭만적이셔. 성환의 입가에 엷은 미소가 떠올랐다. 찬규가 대꾸했다.

"기본적으로 그런 얘기예요. 원리적으로 정보가 보존되니까 잘하면 예전 정보를 되살릴 수 있다는 거죠. 얽힘을 이용해서."

"그럼 스티븐 호킹이 말했던 것처럼, 백과사전을 불살라 재만 줘도 복원할 수 있는 거야?"

"에이, 원리적으로는 그렇다는 거죠!"

"그거랑 인공지능연구소의 '황진이'는 무슨 상관이지?"

"그건 기밀이에요. 그것도 국가기밀. 저도 같이 연구하고 있어서 함부로 말할 수 없어요. 시크릿이 t 쿼크라."

이런 때도 농담이라니. t 쿼크란 6종의 알려진 쿼크(우주의 모든 물질을 구성하는 가장 기본이 되는 입자 단위) 중 가장 무거운 톱(top) 쿼크를 말한다.

"얼마나 대단한 거 연구한다고 기밀씩이나…… 나도 입 무거운 사람이야. 나한테만 살짝 얘기해줘."

"우리 연구소 사람들은 다 비밀서약했어요. 전반적으로 보안통제가 굉장히 심한 편이에요."

"뭔가 수상한데. 나중에라도 생각 바뀌면 연락해."

"여기도 학교 근처 식당이라 도청장치 같은 거 있을지 몰라요. 하하. 홀로그래피 이론 있잖아요. 내가 참 좋아하는 이론. 여기 3차원 공간 속 정보는 그곳을 둘러싼 2차원 표면의 정보로 다 치환될 수 있으니까. 이 방의 네 벽과 천장과 바닥은 우리의 대화를 기억하고 있을 거예요."

이렇게 말하면서 찬규는 화장실에 간다고 슬그머니 자리에서 일어섰다.

홀로그래피 같은 소리 하고 있네.

성환은 속으로 투덜거리며 찬규가 없는 틈을 타 세연에게 물었다.

"요즘 찬규한테 뭐 안 좋은 일 있어요?"

"그게…… 있긴 있었죠……."

세연은 물을 한 모금 들이켰다.

"얼마 전에 이 박사가 대한대학교에 지원했어요. 하필 그 자리에 연구실 후배인 정 박사도 같이 지원했는데, 교수님이 이 박사 추천서를…… 좀 안 좋게 써줬어요."

"뭐라고 썼는데요?"

"나는 이 사람 잘 모른다…… 뭐 그런 식이었나 봐요."

"아니 어떻게 자기 제자를 잘 모른다고 쓸 수 있죠?"

"원래 그런 분이시잖아요. 반대로 정 박사 추천서는 정말 잘 써줬나 봐요. 그래서 정 박사가 최종 인터뷰까지 가서 거의 확정이래요. 그거 때문에 이 박사가 많이 속상해해요."

"찬규가 그렇게 충성했는데…… 어떻게 그럴 수가……."

"한번 마음에 안 들면 충성도 같은 거는 안 따지는 분인 거 아시잖아요."

"그렇긴 해도……."

찬규가 돌아왔다. 세연과 성환은 아무 일 없었다는 듯 표정을 바꾸고 다시 밥을 먹기 시작했다. 궁금한 게 많았으나 더 묻지 않았다.

식당을 나와 찬규와 세연은 학교로 돌아가고 성환은 가까운 지하철역까지 걸었다.

유니터리 변환.

성환은 식당에서 나누었던 대화를 복기해보았다. 홍경수 교수가 또 한 건 했구나. 그런 또라이 연구실에 뭔 놈의 국가기밀이 그렇게도 많아? 갑자기 짜증이 몰려오면서 몸이 뜨거워지는 느낌이었다. 공기도 뜨겁긴 마찬가지였다. 눈부신 태양이 그늘 하나 없는 거리에 폭염을 쏟아붓고 있었다.

6

6월 27일 목요일

인공지능연구소에서 결과가 나왔습니다. 이메일로 드렸습니다.

윤태형 형사의 문자가 와 있었다. 수신자는 하영란과 조성환으로 돼 있었다. 세종로 살인사건 발생 만 사흘째. 문자가 잇달아 들어왔다.

괜찮으시다면 오늘 저녁에 같이 식사하면서 이 결과에 대해서 얘기해봤으면 합니다. 참석 가능하시면 시간과 장소는 나중에 알려드리겠습니다.

영란이 얼마 지나지 않아 답장했다.

그렇게 말씀하시는 걸 보니 결과가 고바야시 그룹인 걸로 나온 모양이죠?

직접 확인하시죠.

네 알겠습니다. 그럼 오늘 저녁에 뵙겠습니다.

진짜 고바야시인 거야? 귀찮게 됐네.
성환은 중얼거리면서 무성의하게 답신을 보냈다.

저녁때 뵙겠습니다.

성환은 답신을 보낸 뒤 스마트폰으로 이메일을 확인했다. 태형이 자신과 영란에게 보낸 이메일이 와 있었다. 대명대학교 문혜진양자인공지능연구소에서 보낸 분석 결과 파일이 첨부되어 있었다. 성환은 파일을 클라우드 계정에 업로드하고는 랩톱을 열었다. 보고서 표지 바로 다음 페이지에 결과 요약이 정리돼 있었다. 그의 눈에 숫자가 하나 들어왔다. 99.7%. 시신에 새겨진 이미지의 원본이 고바야시 그룹의 인공지능으로 그려졌을 확률을 표시한 숫자였다. 숫자를 보던 성환은 얼굴을 찡그렸다. 다음 페이지에는 이미지들을 구체적으로 분석한 내용들이 담겨 있었다. 성환이 자신의 컴퓨터로 한 작업과 마찬가지로 시신에 새겨진 이미지를 둘로 분리한 뒤, 점의 개수가 더 많은 이미지의 특성을 분석, 고바야시 그룹의 인공지능이 그린 이미지에서 추출한 특성과 비교한 과정이 자세하게 상술되어 있었다.

문 소장님이 알아서 잘하셨겠지. 거긴 고급인력도 많으니……. 난 더 귀찮아지기 전에 손 털어야지.

*

태형은 종로경찰서 근처의 한식당에 예약을 해두었다고 했다. 태형이 먼저 와서 기다리고 성환은 영란과 거의 동시에 도착했다. 셋이 모두 자리를 잡고 앉자 윤태형이 먼저 말했다.

"바쁘실 텐데 이렇게 불러내서 죄송합니다."

"아닙니다. 딱히 할 일도 없었는걸요."

죄송한 줄 알면 불러내질 말든가.

영란도 대답했다. "모레 고바야시 교수 인터뷰를 하려면 오늘 같이 얘기하는 게 필요하긴 해요. 내일은 인터뷰 준비에 집중해야 하니까……."

인사말을 주고받는 사이 음식이 차려졌다. 태형이 다시 말문을 열었다.

"분석 결과는 어떻게들 보셨나요?"

"99.7퍼센트면…… 고바야시 그룹에서 그런 거라고 봐야겠죠?"

영란의 대답에 성환이 목에 힘을 주고 말하기 시작했다.

"이게 기자와 과학자의 차이점이죠. 저 결과에서 중요한 숫자는 99.7이 아니라 0.3입니다."

"아니, 그게 그거 아닌가요? 99.7퍼센트 일치하면 0.3퍼센트의 가능성으로 불일치한다는 거."

"엄밀하게 말하자면 이런 겁니다. 원본 이미지가 고바야시 그룹과 전혀 상관이 없는데 우연히, 통계적으로, 어찌어찌하다 보니 고바야시 그룹의 결과물과 일치할 확률이 0.3퍼센트라는 겁니다. 전혀 상관없는 두 개가 서로 똑같을 확률이 굉장히 낮다면, 그럼 그냥 그 둘이 일치하는 걸로 봐주자는 거죠. 그러니까 0.3퍼센트 불일치라는 게, 천 번 중 세 번 꼴로 고바야시와 전혀 상관없는 그룹이 작업했더라도 고바야시와 같은 결과가 나온다는 겁니다."

"그래도 어쨌든 0.3이면 극히 희박한 확률이잖아요?"

"그렇게 볼 수도 있습니다만…… 친자 확인할 때 많이 쓰는 유전자 검사의 경우 일치할 확률이 99.999퍼센트 이상이면 일치로 받아들여집니다. 그러니까, 친자가 아님에도 유전자가 일치할 확률이 0.001퍼센트 즉 10만분의 1이라는 얘기죠. 과학에서는 이 확률이 350만 분의 1 정도는 돼야 과학적 발견이라고 말해요."

"그럼 이 결과가…… 별 의미가 없다는 얘기인가요?"

태형의 목소리에서 짜증이 묻어났다. 성환이 건조하게 대답했다.

"무의미하다기보다…… 그 숫자의 의미를 말씀드린 겁니다. 나중에 이게 법적으로 유효할지 안 할지는 저도 잘 모르겠네요."

"하긴…… 미국에서 그 유명한 심슨 사건 때도 그랬어요. 전처가 죽은 현장에서 발견된 DNA가 심슨의 DNA와 일치한다는 결과가 나왔지만 결국 심슨은 무죄로 풀려났죠. 이건 윤 팀장님도 아시는 얘기죠?"

태형이 더듬거리며 말했다.

"네, 뭐…… 아무튼 고바야시 그룹이 시신 몸에 박힌 이미지를 만들었을 가능성은 높은 거 아닙니까. 하 기자님께서도 인터뷰하실 때 이 점을 고려해주시면 좋겠는데요."

"네 물론이죠. 저야 이걸로 특종을 건지면 더할 나위 없이 좋으니까요. 근데…….”

영란이 잠시 말을 멈추고 성환을 한번 흘낏하더니 태형 쪽
으로 몸을 기울였다.

“전에 말씀하신 경찰청 인공지능 말이에요. 알파…….”

“알파폴리스?”

“네! 그걸로 일가족 실종사건을 분석했다고 하셨는데……
이번 사건에서 새롭게 알게 된 정보를 업데이트해서 다시 돌
려보셨는지 궁금해서요.”

“아뇨, 실종사건에 매달리면 또 태클이 들어올걸요. 지금은
세종로 사건에만 집중하고 있죠. 근데, 어떤 정보를 업데이트
하라는 거죠?”

“어쨌든 피해자가 일본과 어떤 식으로든 관계가 있잖아요.
야쿠자도 그렇고 고바야시도 그렇고. 그럼 그쪽으로 연관성을
다시 조사해봐야 하는 거 아닌가요?”

“일리가 있네요. 어차피 저는 경찰청 별로 안 믿습니다만”

성환도 거들었다. 태형에게는 그런 성환이나 가르치는 듯한
영란이나 영 거슬렸다. 그래도 영란의 제안 자체는 나쁘지 않
았다.

“일본이라…….” 태형은 이맛살을 찌푸리면서 미간을 문질
렀다. “어려운 일은 아니니 한번 해보죠. 밑져야 본전이니까.

근데, 전 아직도 잘 모르겠어요. 그림 한 장을 보고 어떤 기계, 어떤 소프트웨어가 그렸다는 걸 정말 알아낼 수 있는지."

"팀장님, 과학을 믿으세요. 알파폴리스는 믿으시면서."

영란이 단호한 표정으로 말했다.

"물론 과학이야 믿죠."

"생각해보세요. 고미술품 전문가들은 그림을 딱 보고서 그게 누가 그린 건지, 진품인지 가짜인지 밝혀내잖아요? 이젠 그걸 기계가 대신할 뿐이에요. 아니, 기계가 더 잘하기도 하죠. 최근에 논란이 됐던 천경자 화백의 〈미인〉을 감정할 때도 프랑스 전문가팀이 최신 장비로 인간이 보지 못하는 부분까지 분석해냈잖아요. 말하자면 그림에 남은 필적을 엄청 똑똑한 기계가 감정하는 것과도 같아요. 팀장님도 필적감정 맡기시잖아요. 그거하고 똑같아요."

영란이 다다다 쏘아붙이자 태형은 입을 닫아버렸다. 성환은 신기한 듯 그런 영란을 보고만 있었다.

"그건 그렇고." 영란이 크게 심호흡하면서 화제를 돌렸다. "지금까지 나온 얘기로 봐서는 이 결과만으로 고바야시 그룹이 직접 연루되었다고 보기는 어려우니까…… 좀 더 결정적인 단서를 확보해야 하지 않을까요?"

"어떻게요?"

성환과 태형이 거의 동시에 외쳤다.

"그건 경찰에서 해결해주셔야죠. 저는 기자일 뿐인데."

7

6월 29일 토요일

"고바야시 교수님, 인터뷰에 응해주셔서 고맙습니다."

하영란이 일본어로 고바야시에게 인사를 건넸다. 토요일 오전 10시, N호텔 로비 커피숍. 고바야시가 묵고 있는 호텔이었다. 하영란과 사진기자 한 명이 고바야시 교수를 인터뷰하고 있었다. 멀찍이 떨어진 반대편 구석 자리에는 조성환과 윤태형이 앉아 있었다.

"하영란 기자가 잘하겠죠?"

성환이 약간 걱정스러운 듯이 말했다.

"걱정 마세요. 하 기자가 어떤 인간인데…… 경찰서 출입할 때부터 아주 유명했어요. 한번 달려들면 아무도 못 말려요."

태형이 웃으며 대답하고는 흘낏 고바야시 쪽을 보았다. 아직 인터뷰가 진행 중이었다.

"그런데 교수님, 이런 그림도 복원이 가능한가요?"

인터뷰가 끝날 무렵, 하영란이 고바야시에게 그림 한 장을 내밀었다. 시신의 그림에서 추출한 이미지의 원본으로 추정되는 그림이었다. 이 그림만 봐서는 대상이 사람 얼굴인지조차 알기 어려웠다. 고바야시는 그림을 건네받고 안경을 고쳐 쓰고 자세히 살피기 시작했다.

"이 정도면 아마 복원이 가능할 겁니다."

"그럼 이 그림을 한번 복원해주실 수 있나요? 실제 복원한 사례를 기사에 실으면 독자들이 인공지능의 신기술을 훨씬 더 실감나게 느낄 것 같아요."

"한번 해볼까요?"

"정말요? 고맙습니다. 시간은 얼마나 걸릴까요?"

"아마도 하루이틀이면 충분할 겁니다. 오늘이 주말이니까…… 연구실 친구들한테 중요한 거라고 잘 얘기하면 아마 월요일엔 나오지 않을까요? 결과가 나오면 여기 명함의 이메일 주소로 보내드리죠."

인터뷰가 끝난 뒤 고바야시는 곧바로 숙소로 올라갔다. 영란은 사진기자를 먼저 보낸 뒤 성환과 태형에게 다가갔다.

"인터뷰는 잘하셨나요?"

"고바야시 교수가 뭐라던가요?"

성환과 태형이 앞다투어 물었다.

"인터뷰야 뭐…… 아무튼 월요일에 결과를 주신대요."

"만약 고바야시 그룹에서 정말 그 작업을 했다면 일부러 다른 결과를 낼 수도 있잖아요."

태형이 영란을 보며 말했다.

"그야 물론 그렇겠지만, 결과가 나오면 조성환 교수님이 알아서 잘 분석해주시고요. 아니면…… 문혜진 소장님께 맡길 수도 있겠네요. 저는 다른 쪽으로 취재를 해보려고요."

"왜 또 저한테 일을 맡기시는 건지. 하 기자님은 대체 뭘 취재하시려고요?"

"영업비밀입니다."

영란은 심드렁하게 대답하며 주머니 속 스마트폰을 만지작거렸다.

*

영란의 스마트폰에는 새로운 앱이 하나 깔려 있었다. 그저께인 목요일 밤늦은 시각, 영란은 성환과 태형과의 식사를 마친 뒤 절친인 김세영을 만났다. 게임 개발 업체에서 일하는 세영은 탁월한 프로그래밍 실력으로 업계에서 인정받는 인재였다. 세영의 오피스텔에 영란이 도착했을 때는 밤 11시가 훌쩍 넘었다.

"이 밤에 달려온 걸 보니 어지간히 급하긴 급한가 봐."

식탁에 앉아 한숨 돌리는 영란에게 세영이 커피 한 잔을 건넸다.

"너 알바 하나 해라."

"무슨 알바? 나 이제 알바 같은 거 안 해."

"무지하게 중요한 일이야. 너도 그 사건 알지? 광화문 목 없는 시체 사건."

"과학전문기자가 그런 거도 취재해? 네가 형사 짓이라도 하게?"

"나야 특종만 따면 그만이지. 유력한 용의자가 있어. 나라고 좋아서 이러겠냐?"

"너 이러다 크게 경을 칠 날이 올 거야."

"그러니까 널 찾아왔지. 넌 최고잖아. 근사한 걸로 하나만 준비해줘. 내일 낮까지."

"내가 무슨 자판기니?"

"쓸만한 물건들은 잘 보관하고 있잖아."

"그건 알바용이 아니라…… 그야말로 소장 중인 작품이라고."

"급해서 그래. 나 좀 도와주라. 내일 점심 같이 먹자. 내가 쏠
게. 판교로 가면 되지?"

"야…… 회사 근처에서 만나면 어떡하냐? 보는 눈이 있는데.
강남에서 봐. 강남에서 제일 비싼 데서 봐."

세영이 USB 메모리 스틱을 건넨 것은 이튿날 정오, 강남역
근처에서였다.

"3일짜리야. 그 뒤엔 흔적도 없이 사라져."

세영이 단언하듯 말했다.

두 사람은 여느 여고 동창들처럼 즐겁게 수다를 떨며 밥을
먹고 차를 마셨다. '알바' 이야기는 한마디도 하지 않았다.

식사를 마친 영란은 자리를 옮겨 랩톱에 메모리 스틱을 꽂
았다. 스파이 프로그램을 이메일에 숨겨 보내고, 수신자가 이
메일을 열면 스파이 프로그램이 작동해 수신자의 컴퓨터 화면
을 발신자의 스마트폰으로 전송하는 프로그램이었다. 물론 이
메일 수신자는 이 모든 상황을 모른다.

영란은 망설임 없이 고바야시에게 이메일을 보냈다. '인터
뷰 최종 질문지' 파일을 첨부해서.

8

7월 1일 월요일

성환은 스마트폰 문자 알림음에 깼다. 하영란이 보낸 메시지였다.

오늘 급히 좀 뵈었으면 합니다. 중요한 일입니다.

그럼 낮에 제 연구실로 오세요.

조성환은 투덜거리면서 비몽사몽간에 답신을 보냈다.

연구실로 들어서는 하영란의 얼굴은 흡사 귀신을 만난 사람처럼 백짓장 같았다. 손에는 아이스 아메리카노가 들려 있었다. 성환이 먼저 인사를 건넸다.

"인터뷰 정리하느라 바쁘신가 봐요? 얼굴이 말이 아니시네요."

"그런가요?"

"재미있는 결과라도 나왔나요?"

"재미있는 게 나오긴 했어요."

"그럼 저보다는 문혜진 소장님한테 가셔야 할 텐데……."

"먼저 말씀드릴 게 있어요. 비밀을 지켜주셔야 해요."

"아니 대체 뭔데."

"비밀을 지키겠다고 약속하지 않으면…… 이 엄청난 얘기를 할 수가 없어요. 약속하시겠어요?"

잠시 머뭇거리던 성환이 고개를 끄덕였다.

"그럼요. 약속합니다. 제가 또 입은 워낙 무거운 사람이라……."

하영란은 미심쩍다는 듯 성환을 빤히 노려보다가 숨을 한 번 크게 들이쉰 뒤에야 고바야시의 랩톱을 해킹했다고 털어놓았다.

"디테일은 말씀드릴 수 없어요. 어차피 그건 중요하지 않으니까."

"저도 디테일에는 관심 없어요. 근데…… 고바야시의 컴퓨터에서 뭔가 굉장한 게 나왔나 봐요?"

"우선…… 고바야시 그룹은 이번 사건과 관련이 없어요. 그건 확실합니다."

"어째서?"

"제가…… 고바야시의 이메일을 좀 들여다봤거든요."

"해킹을 제대로 하셨군요."

"이메일도 안 볼 거면 뭐하러 그런 짓을 해요. 특히 윤태형 팀장님한테도 보안을 유지해주셨으면 해요."

"알겠습니다. 그러니까 그게…… 그렇게 하죠."

하영란은 숨을 길게 내쉬고는 말을 이었다.

"그날 이미지 파일 원본을 복원해달라고 전해준 뒤로 고바야시 교수의 이메일을 계속 체크했어요. 만약 고바야시가 이 그림 작업에 관련이 있었다면…… 어떤 식으로든 반응했겠죠. 그런데 그런 게 전혀 없었어요. 결과가 나온 뒤로도요. 그냥 언론에서 의뢰한 부탁을 들어주는 여느 연구실의 경우와 다르지 않았어요."

"고바야시의 결과를 좀 볼 수 있을까요?"

"여기 있어요."

이렇게 말하면서 하영란은 자신의 스마트폰에서 사진을 하나 보여주었다. 언뜻 봐서는 시체 속 그림이나 문혜진 소장이 작업한 그림과 달라 보이지 않았다.

"어차피 눈으로 보는 건 의미가 없겠죠? 교수님이 빡세게 분석하시든가 아니면 문혜진 소장님의 인공지능을 이용해야 할 거예요. 하지만……."

"정작 고바야시 교수는 전혀 특이사항이 없었다?"

"그렇죠…… 물론 고바야시 몰래 그 그룹의 누군가가 작업을 했을 가능성은 여전히 남아 있지만……."

"그건 쉽지 않을 거예요. 고바야시 그룹에서 진행된 작업을 고바야시 교수가 모를 리 없어요."

"그렇다면 적어도 고바야시는 이 사건과 무관한 것 같습니다."

"그런데…… 정말 중요하다는 건 뭔가요? 고바야시가 무관하다면 그걸로 끝이잖아요."

"제가 고바야시 이메일을 해킹, 아니 그냥 좀 들여다보다가…… 재미있는 걸 하나 발견했어요."

영란은 다시 스마트폰을 꺼내 사진을 보여주었다. 성환은 고개를 들이밀고 하영란의 스마트폰을 보았다. 일본어가 잔뜩 쓰인 이메일을 캡처한 것이었다.

"저는 일본어 몰라요."

"지난 토요일 아베라는 사람이 보낸 이메일입니다. '고바야시 박사, 문혜진 그룹에서 과거투시 프로젝트를 훨씬 더 빨리

진척시키고 있다는 첩보가 있습니다. 이번에 문혜진 소장이나 홍경수 교수를 만날 때 유념해주시기 바랍니다.' 이게 뭘까요?"

"과거투시 프로젝트라면…… 과거를 본다는 의미일까요? 문혜진, 홍경수 부부가?"

"저도 모르죠. 그래서 이렇게 왔잖아요."

"무슨 SF 영화도 아니고…… 메일을 보낸 아베라는 사람은 대체 뭐하는 사람이죠?"

"저도 몰라요. 지메일을 써서 직장정보도 없고. 암튼 과거를 보는 건 과학적으로 불가능하다?"

"영상으로 찍어놨다면 재생할 수 있겠죠. 물론, 그 얘길 하는 건 아닐 거고요. 지금 과학기술로 그게 어떻게 가능…….'

성환이 갑자기 말을 멈추었다.

"잠깐만요. 그러니까, 유니터리 변환…… 양자얽힘…… 홍경수…… 설마!"

성환은 며칠 전 찬규와 나눈 대화를 떠올렸다. 과거 경로를 역추적한다는 홍경수 교수의 논문, 가장 흥미로운 성과 중 하나라던 찬규의 말.

"무슨 말씀이에요?"

"아베라는 그 양반 말이 사실일 수도 있어요."

"네? 정말요? 그럼 진짜 과거를 마음대로 투시할 수 있다는 건가요?"

"적어도 원리적으로는…… 아주 불가능하지는 않습니다. 양자역학에 따르면 정보는 항상 보존되거든요. 그걸 잘 이용한다면…… 엄청난 능력을 가진 컴퓨터의 도움을 받는다면, 그러니까 양자컴퓨터를 이용한 인공지능이 있다면……."

"문혜진 소장님이 갖고 계신 거잖아요."

"그리고 마침 그의 남편인 홍경수는 양자정보 전문가."

성환은 뭔가 생각난 듯 고개를 들었다.

"어쩌면 과거를 복원하는 게 생각만큼 어렵지 않을지도 몰라요. 쉽지는 않겠지만."

"그게 현실에서 가능하다고요? SF 영화에서나 일어날 법한 일이 아니고요?"

"이론적으로는요. 최근에 물리학자들이 제시한 이론 중 이런 것이 있습니다. 우리 우주를 기술하는 기본적인 함수의 개수가 그리 많지 않다는 건데요. 그렇다면 과거를 복원하기 위해서도 무한히 많은 정보가 필요하지 않겠죠. 이건 사실 인공지능 기술 중 '딥러닝'이 왜 그리 성공적인지를 설명하기 위해 제시된 아이디어입니다."

"딥러닝이라면…… 지난번에 말씀하신 GAN 같은 것 말이죠? 인공신경망을 이용한 기계학습?"

"그렇습니다. 지금의 인공지능 붐을 일으킨 주역이죠. 인간의 신경망을 흉내 낸 인공신경망을 여러 층으로 깔아둔 건데, 꽤 오래전부터 있었던 기술입니다. 이게 21세기 들어선 이후 알고리즘이 개선되고 하드웨어가 좋아지고 빅데이터까지 활용할 수 있게 되면서, 특히 이미지 인식 분야 등에서 비약적으로 발전하게 되었지요."

"맞아요. 대단히 성공적이었어요. 이제는 이미지 분석은 사람보다 기계가 잘하지 않나요?"

"네, 그런데 딥러닝이 왜 그렇게 성공적인지를 사람들이 이해하지 못한 거에요. 어찌어찌 하다 보니 아주 좋은 결과가 나온 셈인데, 아무리 좋은 결과가 나왔어도 그 과정이 설명 가능하지 않으면 그 결과도 미심쩍은 시선을 받잖아요? 그래서 설명 가능한 인공지능이라는 개념이 지금 중요해진 거고요."

"그러니까, 물리학자들이 딥러닝의 성공 이유를 아까 말씀하신 그런 방식으로 설명했다는 건가요? 원래 이 우주를 설명하는 데에 필요한 함수가 별로 많지 않다는 식으로?"

"바로 그겁니다. 이런 시나리오는 사실 물리학계 내부에서도 제기되었던 이슈예요."

"딥러닝이나 인공지능하고는 전혀 상관없이 말이죠?"

"그렇습니다. 이른바 홀로그래피 이론이라는 건데요. 간단히 말해 우리 주변의 3차원 공간의 모든 정보는 이 공간을 둘러싼 2차원 표면의 정보로 모두 바꿔칠 수 있다는 얘기에요. 그렇다면 3차원 세상을 재구성하는 데에 필요한 정보량은 훨씬 줄어들겠죠."

"어머, 그거야말로 SF 같은 얘긴데요? 정말 물리학 이론 중에 그런 게 있나요?"

"물론입니다. 1970년대까지 거슬러 올라가는 이야기인데요. 좀 생뚱맞게도, 블랙홀을 연구하던 과학자들이 놀라운 결과를 얻게 됩니다. 블랙홀의 정보가 그 표면적에 비례한다는 것이었죠. 그 유명한 스티븐 호킹도 이 작업에 기여했고요."

"호킹 박사가요?"

"그렇습니다. 호킹 박사는 그 후로도 수십 년 동안 그 유명한 '블랙홀에서의 정보 손실 문제'를 연구했죠. 논쟁도 많이 하셨고요."

어디선가 이 비슷한 얘기를 했었는데…….

기억을 더듬던 성환은 지난주 식당에서 찬규와 나누었던 대화를 떠올렸다.

"블랙홀의 정보가 표면적에 비례한다면, 그것도 홀로그래피네요."

"빙고! 그러다가 1997년에 후안 말다세나라는 물리학자가 끈 이론과 관련된 유명한 추론을 발표합니다. 말다세나 추론이라고 부르는데, 이것도 일종의 홀로그래피 이론이에요. 어떤 차원의 중력 이론이 그보다 한 차원 낮은 양자장 이론과 동등하다는 내용인데…….."

"잠깐만요. 끈 이론이라면, 세상 만물의 근본이 끈이라는 그 이론 말인가요?"

"맞습니다. 끈 이론은 그 자체로 또 엄청난 이야기입니다만. 어쨌든, 수학적으로 증명되지 않았어도 말다세나 추론은 사실로 받아들여지고 있고, 끈 이론 역사에서 가장 획기적인 이론 중 하나가 되었죠. 이 세상이 홀로그래피라는 이론적인 근거가 물리학에 없지 않습니다."

"그렇다면, 지금 우리가 살고 있는 이 3차원 공간, 우리의 몸과 세상, 이 모든 게 다 가짜란 말인가요?"

"가짜라기보다…… 3차원적 정보가 다 필요한 건 아닐 수 있다는 거죠. 이와 연결되는 비슷한 이론도 있습니다. 이른바 '정보병목' 이론인데요."

"그건 또 뭐죠?"

"딥러닝이 불필요한 정보를 압축하면서 가장 중요한 정보 즉 어떤 대상을 일반화할 수 있는 정보를 간직한다는 겁니다.

쓸데없는 정보는 마치 좁은 병목구간을 지나가는 차량들처럼 압축된다고 해서 정보병목이라는 이름이 붙었어요."

"그러니까, 두 가지를 연결해 생각해보면, 이 우주를 기술하는 데 꼭 필요한 최소한의 2차원적인 핵심 정보만 딥러닝이 보존한다는 건가요?"

"그렇게 되겠네요. 간단한 예를 들어볼게요. 캐리커처를 그리는 화가는 대상의 디테일을 일일이 그리지 않지만 보는 사람은 그게 누구인지, 무엇인지, 개인지 고양이인지 알아보잖아요? 만화가들은 이미 딥러닝의 병목기법을 활용하고 있는 셈이죠."

"맞아요. 고양이를 그릴 때 몸에 난 털이 정확히 몇 올인지는 중요한 문제가 아니니까요. 대상을 기술하기 위해 정말로 필요한 정보의 양은 그리 많지 않다, 불필요한 정보를 잘 털어내면 핵심적인 정보에 집중할 수 있다, 뭐 그런 얘기군요."

"바로 그겁니다. 개나 고양이를 인식할 때 배경에 있는 집이나 차, 잔디밭 같은 건 중요한 정보가 아니죠. 물리학에서도 디테일한 정보를 거칠게만 처리하는, 이른바 'coarse graining' 하는 경우들이 있거든요. 비슷한 예가 될지 모르겠는데, 음악 하시는 분들은 인류가 멸망하더라도 바흐의 〈평균율〉만 있으면 클래식 음악을 모두 복원할 수 있다고 이야기합니다. 역시 핵심정보를 잘 보존하는 게 중요하다는 얘기인데, 똑같은 원리가 과거를 복원하는 데에 적용되지 말란 법은 없죠."

"과학적으로도 가능하다는 얘기네요."

"게다가 엄청난 성능의 양자컴퓨터가 있다면 조각난 일부의 정보만으로도 나머지 필수적인 퍼즐을 재구성할 수 있을지도 모르니까, 적어도 불가능하진 않다고 봐야겠죠. 그거 말고 다른 내용은 없었나요?"

"지금으로서는 이게 다예요. 고바야시가 답신을 보내지도 않았어요."

"일이 꼬이네요⋯⋯. 유력하게 생각했던 고바야시는 무관한 거 같고, 갑자기 과거투시가 튀어나오고, 그게 문혜진, 홍경수와 연결되고⋯⋯. 아! 그 친구를 만나봐야겠어요."

"누구요?"

조성환은 대답 대신 스마트폰을 꺼내어 전화를 걸었다.

*

"형님! 거의 일주일 만이네요. 어떻게 지내세요?

"나야 뭐 잘 지냈지. 시간 있으면 내일쯤 밥이나 같이 먹지? 할 얘기도 있고."

"그래요? 잘됐네요. 사실 저도 마침 할 얘기가 있긴 있어요. 근데 내일은 좀 어렵고요……모레 수요일 점심때 만나요."

"좋아. 그럼 저번에 점심 먹었던 그 한정식 집에서 봐."

*

조성환은 전화를 끊고 영란의 얼굴을 마주보았다.

"친한 후배예요. 홍경수 교수 연구실에 있는."

"그럼 내부 사정을 잘 알겠네요?"

"그렇겠죠. 지난주에 인공지능연구소에 간 참에 만났었는데, 연구 내용이 죄다 국가기밀이라고. 그 기밀에 혹시 과거투시 프로젝트가 포함돼 있을지도 모르죠."

"이런…… 그분 랩톱을 털었어야 했나?"

"국가안보시설이라 쉽지 않을걸요?"

"제가 쓰는 물건도…… 아, 아니에요. 그나저나 윤태형 팀장님한테는 꼭 보안 지켜주시고요. 후배분 만나서 뭔가 나오면 저하고 꼭 공유하셔야 해요."

"네네, 잘 알겠습니다. 너무 걱정하지 마세요."

영란이 떠난 뒤 성환은 연구실 소파에 드러누웠다. 천정에서 내려오는 에어컨 바람이 얼굴을 때렸다. 과거투시라니, 이게 말이 되는 얘기인가? 지난번에 찬규가 말했던 유니터리 변환과 관계가 있는 걸까? 모레 찬규한테 뭐라고 물어보지? 참…… 찬규도 뭔가 할 말이 있다고 했는데 무슨 얘기일까? 그나저나, 고바야시가 이번 사건과 전혀 상관이 없다면, 왜 문혜진의 인공지능연구소에서는 고바야시 그룹이 유력하다는 결과를 냈을까? 그저 통계적인 우연일 뿐일까? 아니면…….

혹시 뭔가 있을지도 몰라.

성환은 벌떡 일어나 데스크톱 앞에 앉았다. 폴더를 뒤져 며칠 전 문혜진양자인공지능연구소에서 보내준 보고서와 첨부된 파일을 열었다. 여러 개의 창을 동시에 띄워놓고 이리저리 살펴보았다. 프로그램을 가동해 그림을 다시 분석해보기도 하였다. 그렇게 한 시간 정도 지났을까? 시간 가는 줄도 모르고 컴퓨터와 씨름하던 성환의 손끝이 떨렸다.

이게 대체…… 어찌된 일이지?

모레 찬규를 만나면 먼저 물어볼 수 있겠군.

그 순간 문자 알림음이 울렸다. 우연일까? 이찬규의 문자였다.

혹시 모레 제가 너무 바빠서 연락도 못 드리고 못 나갈 수도 있어요. 너무 오래 기다리진 마세요. 알파오메가람다.

뭐야 이건. 성환은 곧바로 답신을 보냈다.

쓸데없는 소리 말고 꼭 나와. 정말 중요한 얘기야. 방금 얘깃거리가
하나 더 늘었어.

찬규는 답신을 보내지 않았다.

9

7월 2일 화요일

"여기가 수사본부나 다름없네요. 중요한 정보를 가진 사람들이 모였으니."

태형이 아이스 아메리카노를 들이켜며 말했다. 맞은편에는 영란이 앉아 있었다. 영란은 태형의 말을 들은 척 만 척 스마트폰만 뒤적였다. 영란으로서는 이틀 연속 성환의 연구실을 방문한 셈이다. 그러나 전날의 방문은 비밀에 부쳐졌다.

성환이 랩톱을 들고 영란 옆에 나란히 앉았다.

"고바야시 쪽에 맡긴 그림은 결과가 어떻게 나왔죠?"

"그게……."

영란이 말을 더듬자 성환이 재빨리 끼어들었다.

"뭐 특별한 건 없더라고요. 오늘 이렇게 오시라고 청한 건 다른 이유 때문입니다."

"다른 이유요?"

"일단 고바야시는 범인이 아닌 것 같고요. 그보다 더 중요한 다른 결과가 있어서요."

성환은 랩톱에서 파일을 열어 영란과 태형이 볼 수 있도록 화면을 돌렸다. 성환이 설명을 시작했다.

"문혜진양자인공지능연구소에서 보내준 그림입니다. 원래 그림을 소스 그림과 인공지능 그림으로 이렇게 나눈 거죠."

"그런데요?"

"하나의 그림을 둘로 나눈 것이니 이 둘을 합치면 원래 그림이 나와야겠죠. 우리가 인공지능연구소에 넘겨준 바로 그 그림 말입니다."

성환은 새로운 파일을 화면에 띄웠다.

"이 두 그림을 하나로 합친 이미지가 이겁니다. 제가 합친 거예요. 그렇다면 이 그림은 우리가 처음 보내준 그림과 같아야겠죠. 우리가 보낸 그림 원본은 이겁니다."

성환은 네 번째 그림을 화면에 띄웠다. 영란과 태형이 화면 속으로 들어갈 듯 머리를 들이밀었다.

"똑같아 보이는데요?"

"다른 점이 있나요?"

"사람 눈으로 알 수 있는 차이는 아닙니다. 하지만 두 그림의 픽셀을 하나하나 컴퓨터 프로그램으로 비교한 결과, 안 맞는 픽셀이 많아요. 두 그림은 확실히 다른 그림입니다."

"정말요?"

영란과 태형이 거의 동시에 외쳤다. 성환이 고개를 끄덕였다.

"제가 살펴보니, 인공지능이 그린 것으로 추정되는 그림은 일치합니다. 문제는 소스로 추정되는 그림인데요…… 그게 우리가 제공한 것과 연구소에서 보내준 게 서로 달라요."

"그럴 리 없잖아요. 우리가 소스 그림과 인공지능 그림 두 점을 연구소에 제공했고 그중 인공지능 그림을 고바야시 그룹의 그림과 비교한 것이니, 우리가 준 그림에 변화가 생길 리 없어요."

"한 가지 가능성."

영란이 이맛살을 찌푸리며 말했다.

"우리가 준 두 그림을 합쳐서 원본을 만든 후 인공지능연구소가 다시 둘로 나눴을 수 있어요. 소스 버전과 인공지능 버전으로. 그렇다면 우리가 준 소스와는 다른 소스 버전을 가질 수 있죠. 그런 다음 결과를 알려줄 때 우리가 준 소스가 아닌 자신들이 새로 만든 소스 버전을 줬을 가능성이 있어요."

제법인데? 성환이 놀란 표정을 숨기며 말을 꺼냈다.

"물론 그럴 가능성도 있어요. 확인해봐야 해요. 문 소장 쪽에서 파일을 합쳤다가 다시 자기들 장비와 프로그램으로 분리했는지 아닌지. 윤 팀장님께서 한번 조심스럽게 알아봐주세요. 하지만…… 저는 자꾸 다른 가능성이 머릿속에 맴돌아요."

"어떤 가능성이죠?"

"근거 없는 느낌일 뿐입니다만. 우선은 음모론이라고 해도 좋아요. 하 기자님이 말한 것 말고 또 다른 가능성이 있습니다."

"그러니까 그게 뭐냐고요?"

영란이 답답하다는 듯 재촉했다.

"문혜진 연구소가 우리가 제공한 것이 아닌 또 다른 버전의 소스 그림을 갖고 있었을 가능성입니다. 문제는 그걸 입수한 시점일 텐데…… 어쩌면 우리보다 앞섰을 수도 있죠."

10

7월 3일 수요일

성환은 새벽에야 간신히 잠이 들었다. 며칠 사이 일어난 일들이 밤새 뇌리에서 떠나지 않았다. 눈을 떴을 때는 이미 해가 중천이었다. 성환은 급히 시각을 확인했다. 오늘은 찬규와 점심 약속이 있는 날 아닌가. 다행히 점심시간까지는 여유가 있었다.

성환은 거실로 나와 습관적으로 TV를 켜고 뉴스 채널을 찾았다. 그리고 그 자리에 얼어붙어버렸다.

오늘 아침 6시쯤 대명대학교 내 양자정보연구소 소속 연구원이 자신의 차량 안에서 숨진 채 발견됐습니다. 경찰은 차량 안에서 유서가 발견되었고 특별한 외상이 없다는 점 등의 이

유로 연구원 이 씨가 자살한 것으로 추정하고 있습니다.

 번호판을 모자이크 처리했지만 화면에 나온 차량은 분명 지난주에 성환이 탔던 차였다. 얼어붙은 사지와는 달리 심장은 미친 듯이 쿵쾅거렸다. 점심 약속이 있다는 사실과 약속 장소에 나가도 만날 사람이 존재하지 않을 수도 있다는 사실. 이 두 가지 사실이 도저히 통합적으로 이해되지 않았다. 찬규의 번호로 전화를 걸어보았지만 전원이 꺼져 있다는 메시지만 들려왔다. 성환은 태형에게 전화를 걸었다.

 "윤 팀장님. 저 한국대학교 조성환입니다."

 "어제 주신 자료는 잘 받았습니다. 수사에 요긴하게 쓰겠습니다. 문혜진 연구소 쪽은 저희가 한번 알아보겠습니다."

 "그것보다…… 오늘 아침 자살 사건 보셨나요? 대명대학교 연구원의."

 "네, 저희 관할은 아니지만."

 "아무래도 피해자가 제가 잘 아는 후배인 것 같습니다. 지난주에 제가 따로 만났던."

 "세상에……."

 "오늘 그 친구와 점심을 같이하기로 약속했거든요. 그럴 친구가 아닌데…… 혹시 피해자 신원을 정확하게 확인해주실 수

있나요? 뉴스에 나오는 차량도 그 친구 차가 맞는데. 부탁 좀
드립니다."

"바로 알아보겠습니다."

얼마지 않아 태형의 문자가 들어왔다.

사망자 이찬규. 37세. 대명대학교 양자정보연구소 연구원. 현재 대
명대학병원에 시신 안치됨.

성환은 그 자리에 주저앉았다. 이런 식으로 약속이 취소됐
다는 사실이 믿기지 않았다.

자살이라니…… 말도 안 돼. 나하고 점심 먹기로 해놓고선.

갑자기 할 일이 없어진 성환은 한동안 멍한 표정으로 TV만
바라보았다. 학과 선후배들의 문자가 속속 들어와 스마트폰이
울려댔다. 성환은 찬규를 만나러 가기로 했다. 만남의 장소가
병원 영안실로 바뀌긴 했지만. 가벼운 티셔츠에 반바지가 아
닌, 흰 셔츠에 검은색 바지를 꺼내 입으면서 성환은 찬규의 죽
음을 실감했다.

*

병원에서의 하루는 정신없이 흘러갔다. 성환은 경황 중인 찬규의 가족을 도와 여기저기 쫓아다녔다. 경찰은 찬규가 자살한 것으로 보인다고 말했다. 유족들은 경찰의 조사 결과를 받아들이고 곧 장례 절차에 들어갔다.

빈소는 대명대학병원 장례식장에 차려졌다. 강세연은 빈소에서 넋이 나간 표정으로 울고 있었다. 찬규는 이날 새벽 자신의 차 안에서 번개탄을 피워놓고 자살한 것으로 추정된다고 했다. 차 안에서 발견된 유서에는 연구에 대한 중압감 때문에 극단적인 선택을 했다는 내용이 쓰여 있었다.

7월의 해는 길었다. 사방에 어둠이 내리고 나서야 성환은 감당하기 힘든 피곤함을 느꼈다. 생각해보니 아직 한 끼도 제대로 먹지 못했다. 그래도 밥숟가락이 입으로 들어갈 것 같지는 않았다. 어둠이 깔리면서 조문객이 늘어나자 성환은 오히려 여유가 생겼다. 잠깐 바람이나 쐴까 하고 장례식장을 나서는데 말쑥한 수트 입은 사내 둘이 그를 막아섰다.

"조성환 교수님?"

"누구시죠?"

"국정원에서 나왔습니다. 몇 가지 좀 물어볼 게 있어서요."

"국정원에서 왜 저를?"

"오늘 사망한 이찬규 박사님은 국정원에서 관리하는 연구실에서도 일하고 있었습니다. 그래서 사망 직전 접촉한 분들을 저희가 탐문하고 있습니다. 의례적인 일이니까 너무 긴장하지 않으셔도 됩니다."

"그러시군요. 저한테 물어볼 내용이 뭔가요?"

"통화 내역을 보니 그저께 통화를 하셨던데 무슨 얘기를 나누셨습니까?"

"원래 오늘 점심을 같이 먹기로 했어요."

"왜죠?"

성환은 순간 뜨끔했다. 문혜진 연구소, 그러니까 지금 이들의 '회사'가 관리하는 연구소에서 과거투시 연구를 하고 있다는 꽤 믿을 만한 첩보를 입수한 게 엊그제였다. 하 기자가 고바야시의 랩톱을 해킹한 게 문제를 일으킨 걸까? 아니면 조성환의 음모론, 그러니까 문혜진 연구소에서 또 다른 버전의 그림 소스를 갖고 있었던 게 사실일까? 그래서 국정원이 움직이는 게 아닐까.

"점심을 먹는 데 꼭 이유가 필요한가요?"

"원래 점심을 자주 같이하는 사이입니까?"

"지난주에도 같이 먹었어요. 제가 요즘 방학이라 시간이 좀 많은 편입니다."

"알겠습니다. 그럼 이 문자 내용은 뭔가요?"

둘 중 어려 보이는 사내가 내민 종이에 어제 찬규가 보낸 문자가 인쇄되어 있었다.

'혹시 모레 제가 너무 바빠서 연락도 못 드리고 못 나갈 수도 있어요. 너무 오래 기다리진 마세요. 알파오메가람다.'

"전화로 점심 약속을 잡고 난 뒤에 찬규가 보낸 문자에요. 워낙 바쁜 와중이라는 의미로 보낸 문자겠죠."

"이건 무슨 말인가요? 알파오메가람다?"

"저도 무슨 뜻인지 모르겠어요. 그래서 제가 쓸데없는 소리 하지 말라고 답장을 보냈던 거 같아요."

"암호는 아닌가요? 두 분만 아시는?"

"저도 모른다니까요. 관심도 없고요. 그냥 장난으로 넣은 걸 거예요. 이 친구가 원래 이런 쓸데없는 농담을 곧잘 해요. 물리학자들 중에 중에 이런 사람들이 꽤 있어요."

이렇게 말하는 성환의 머릿속에 뭔가가 번뜩 스치고 지나 갔다.

"정말 물리학자들이 이런 말을 자주 씁니까?"

"그리스 문자야 물리학에서 두루두루 나오죠. 헬륨 원자핵을 알파 입자라고도 하고요. 상대성이론에서 첨자를 쓸 때 알파 베타 감마를 즐겨 쓰죠. 오메가는 저항의 단위인 옴을 뜻하기도 하고요. 람다는 입자물리학에서 결합상수를 표현하는

데……."

"네네, 알겠습니다. 어제 통화에서 평소와 다른 점은 못 느끼셨습니까?"

"전혀요. 저는 아직도 찬규가 자살했다는 사실이 믿기지 않아요. 바로 오늘 점심때 만나서 같이 밥 먹기로 했는데……."

"협조해주셔서 고맙습니다. 이제 가보셔도 좋습니다."

장례식장을 빠져나가는 국정원 직원들을 바라보는 성환의 호흡이 가빠졌다. 그는 밖으로 급히 나가려다 말고 발길을 멈췄다.

'지금 움직이면…… 의심하겠지.'

성환은 다시 안으로 들어갔다. 빈소 옆 식당은 조문객으로 가득했다. 구석 빈자리 하나가 눈에 들어왔다.

"식사 하나 드릴까요?"

자리에 앉자 직원이 물었다.

"네."

성환은 건성으로 대답하고 폰을 꺼내 이찬규가 마지막으로 남긴 문자를 다시 확인했다.

틀림없어. 나한테 남긴 메시지야. 찬규는 자기 신상에 변고가 생길지도 모른다는 걸 알고 있었어. 그렇다면…… 자살이 아닌 건가? 누가 이찬규를 자살로 위장해서 살해한 것이라면?

온몸에 소름이 돋았다. 육개장과 밥이 나왔다. 밥 생각은 없었지만 눈앞의 밥을 보니 배고픔이 밀려왔다. 육개장에 밥을 말고 허겁지겁 몇 술 입에 넣었다. 머릿속에서는 여전히 퍼즐 조각이 어지럽게 돌아다녔다.

알파오메가람다.

알파는 보나마나 137일 테고…… 오메가와 람다는?

알파는 소립자 세계에서 미세구조상수라 불리는 양으로, 전자기 상호작용의 세기를 나타낸다. 통상 1/137의 값을 쓰기 때문에 137을 보면 알파를 떠올리는 물리학자들이 많다.

암호? 비밀번호? 이메일 계정 비밀번호?

스마트폰을 꺼내 이메일을 열었다. 발신자 이찬규를 검색하니 대명대학교 계정 이메일이 하나 나왔다. 성환은 고개를 저었다.

정말 나에게 중요한 메시지를 주려고 했다면…… 이런 이메일을 쓰진 않았을 거야. 이건 국정원에서 너무 손쉽게 들여다볼 수 있어.

오메가 오메가 오메가 람다 람다 오메가 람다 오메가…….

한참을 되뇌던 성환의 머릿속에 번개가 쳤다.

바로 그거야. 0.7!

오메가와 람다는 각각 독립된 의미가 아니라 하나로 연결된 파라미터다. 현대 우주론을 조금이라도 아는 사람이라면 절대 모를 수 없는 양. 바로 암흑에너지가 우주 전체의 에너지 밀도에서 차지하는 비중이다. 암흑에너지는 우주의 가속팽창의 원인이 되는 요소로, 전체 에너지 밀도의 약 70퍼센트를 차지한다.

13707. 바로 이거야.

하지만 여전히 더 큰 문제가 남아 있다. 도대체 무엇을 위한 숫자란 말인가. 성환은 찬규의 입장에서 생각해보기로 했다. 수신자인 내가 아니면 모를 것. 발신자인 이찬규도 잘 알고 있는 것. 하지만 다른 사람은 전혀 알 수 없는, 우리 둘만 알고 있는, 둘만의 비밀 같은 무언가. 생각이 여기에 미치자 조성환은 숟가락을 놓고 자리에서 일어났다. 밤 8시가 훨씬 넘었다.

성환은 빈소에 들러 유족에게 인사를 했다. 빈소 구석을 지키고 있던 세연에게도 인사를 했다. 장례식장을 빠져나오던 성환은 빈소 앞 복도에서 문혜진 소장과 마주쳤다. 옆에는 홍경수 교수도 함께였다. 세 사람은 가벼운 인사를 주고받았다.

"오랜만일세, 조 교수. 잘 지냈나?"

"네. 교수님께서도 상심이 크시겠습니다."

원수는 외나무다리에서 만난다더니.

"나도 아직 잘 믿어지지가 않네. 내가 좀 더 신경 써서 챙겼어야 했는데⋯⋯. 이 박사하고는 원래 잘 알던 사이인가?"

"학부 때 친하게 지냈던 후배입니다. 원래 오늘 점심을 같이 하기로 약속까지 했었는데 이런 일이⋯⋯."

"그랬구만. 참⋯⋯ 일전에 우리 문 소장을 만났다고?"

"경찰에서 도움을 요청해서 제가 소개해드렸습니다."

"그래, 잘했네. 요 며칠 충격적인 일들이 연달아 터져서⋯⋯."

"저도 오늘 소식 듣고⋯⋯ 정신이 없습니다."

"전해 들었네. 자네가 오늘 고생 많이 했다고. 그만 집에 가서 좀 쉬게."

"네 교수님, 그럼 이만 들어가보겠습니다."

11

7월 3일 수요일

　성환은 샤워를 한 뒤 옷을 갈아입었다. 반바지에 티셔츠를 입고 챙이 큰 야구 모자를 눌러썼다. 곧바로 나가려다 말고 창밖을 내다보았다.

　혹시 국정원에서 이곳을 감시하고 있다면……. 초여름 밤의 아파트 단지는 한산했다. 수상한 사람은 보이지 않았다.

　한 시간만 있다가 나가자.

　조성환은 불을 끈 채 소파에 앉았다. 졸음이 몰려왔지만 찬규가 남긴 메시지를 향한 궁금증이 잠을 압도했다.

　거기에 무엇이 있을까? 13707이 정말 맞을까?

　이런저런 생각을 하는 새 한 시간이 흘렀다. 성환은 밖으로 나왔다. 아파트 단지 사람들만 아는 쪽문이 있어 그곳으로 나

갔다. 그의 집에서도 걸어서 4호선을 탈 수 있지만 일부러 택
시를 탄 다음 약수역에 내려 3호선을 타고, 충무로역에서 4호
선으로 갈아탔다.

"이번 역은 명동, 명동역입니다. 내리실 문은 왼쪽입니다."

성환은 모자를 더 깊이 눌러 쓰고 지하철에서 내렸다. 3번
출구로 나온 그는 익숙한 발길로 골목길 안으로 들어갔다.

*

귀빈당구장.

찬규와 성환만이 아는 곳. 제3자가 결코 알지 못할 장소.

성환은 잠시 추억 속으로 빠져들었다. 성환과 찬규는 학부
생 시절부터 열렬한 당구 멤버였다. 박사 학위를 받고 난 뒤에
도 1년에 두세 번은 새벽까지 당구를 치곤 했다. 명동 귀빈당
구장은 대학원을 졸업한 뒤에 새로 개척한 아지트였다. 이 당
구장에는 오래전부터 국제규격의 대대 당구대가 있었고, 주인
과도 친했다. 당구장 문을 열 때마다 느끼던 흥분과 설렘이 오
늘은 아련한 아픔으로 변해 있었다.

"아저씨, 오랜만입니다."

한산한 당구장 구석에서 게임을 즐기는 당구장 주인에게 성

환이 다가가 모자를 벗고 인사했다.

"조 교수님 아니신가? 오늘도 밤새 게임하러 오셨나?"

"오늘은 게임 아니고…… 다른 볼일 때문에 왔어요."

"엊그제 멤버 중 한 명이 다녀갔는데……"

"누가요?"

"이 박사님. 키 크고 잘생긴…… 뱅크샷 잘 치는 분요. 이찬규 박사님 맞죠?"

"네 맞아요. 엊그제 언제 왔어요?"

"아마도 주말 밤이었죠?"

"혼자요? 뭐 하러 왔대요?"

"큐대 정리하고 갔어요."

여기가 확실하구나. 성환은 약간의 전율을 느꼈다.

"오늘 다른 멤버는 안 오시나요?"

"실은…… 그 친구가…… 오늘 자살했어요. 어려운 일이 많았나 봅니다."

"누가요? 이찬규 박사님요?"

"맞아요. 지금 장례식장에서 오는 길입니다."

"아이고! 아직 젊은 분이 어째서……."

"저도 아직 믿어지지 않습니다만…… 그 친구 개인 큐를 제가 대신 가져가려고 해요. 가족께 유품을 챙겨드려야 할 것 같아서요……"

"그래요. 보관함 비밀번호는 아세요?"

"알고 있어요. 그 친구 잘 쓰는 번호가 있거든요."

"그래요. 잘 챙겨주세요. 부모님 마음은 또 얼마나 아프실까."

성환은 가볍게 인사를 하고 이찬규의 이름이 적힌 개인큐 보관함 앞에 섰다. 조그만 번호키를 잠시 보다가 숨을 한 번 크게 쉬고 숫자를 눌렀다.

13707.

잘못된 번호가 입력되었다는 삑삑 소리가 울렸다. 성환은 찬규가 남긴 문자를 다시 확인했다.

13707이 아니면 뭐지? 알파오메가람다. 분명 알파는 137이고…….

성환은 스마트폰의 계산기 앱을 열었다.

알파를 정말로 1/137로 계산한 건가?

1 나누기 137 곱하기 0.7. 아니지. 그냥 0.7 나누기 137을 하면 될 것을.

0.00510948905109489……

같은 숫자가 반복되는 무한소수가 나왔다.

그래, 찬규라면 다섯 자리 숫자보다 여덟 자리 숫자를 썼을 거야.

조성환은 51094890을 입력했다.

띠리릭.

경쾌한 소리와 함께 보관함이 열렸다. 성환은 한숨을 몰아쉬었다. 보관함 안에는 특별한 게 없었다. 성환은 구석구석 샅샅이 훑었다. 조그만 메모나 USB 메모리 스틱 같은 것이 숨겨져 있지 않을까 하는 마음에 모서리와 벽면을 손바닥으로 쓸면서 꼼꼼하게 살폈다. 구석에는 큐대를 넣는 케이스가 있었다. 성환은 케이스를 꺼내 안팎을 살폈다. 바깥쪽 조그만 포켓과 모서리도 자세히 보았으나 아무것도 없었다. 뭔가를 숨기기엔 여기가 제일 좋아 보이는데……. 그러다 문득 큐대 보관함에서 가장 중요한 물건, 큐대가 눈에 들어왔다.

이게 찬규가 쓰던 게 맞나? 엊그제 새로 갖다놓은 건가?

성환은 찬규의 큐대를 조심스럽게 꺼냈다. 아무 일도 없었다면 조만간 여기 모여 이 큐대로 당구를 쳤겠지……. 아직도 찬규의 죽음이 믿기지 않았다. 찬규가 남긴 메시지대로 이곳 아지트의 보관함이 열렸다는 것도 믿기지 않기는 마찬가지였다. 성환은 큐대를 살펴보았다. 팁부터 굵직한 손잡이 부분과 밑둥까지. 그런 다음 큐대의 가운데를 돌려 두 동강으로 분리했다. 분리된 큐대의 오목하게 파인 부분에 가느다란 홈이 보였다. 흠에 끼워져 있는 조그만 SD 메모리카드의 끝부분.

이거다!

성환은 짐짓 태연한 척 분리된 큐대를 가지런히 모아 케이스에 넣었다. 당구장을 나온 성환은 곧바로 큰길로 나와 택시에 올랐다. 아파트 단지 뒤쪽에 내린 다음 조금 전에 나온 쪽 문으로 다시 들어갔다.

집으로 돌아온 성환은 불도 켜지 않은 채 암막 커튼을 치고 랩톱을 켰다. 메모리카드를 꺼내 랩톱 단자에 끼웠다. 메모리 카드에는 PDF 형식의 문서 파일 하나와 동영상 파일 하나, 그리고 음성파일 하나, 총 3개의 파일만 저장되어 있었다. 조성환은 파일을 하나씩 열었다. 파일을 읽고, 보고, 듣는 데에 꽤 오랜 시간이 걸렸다. 랩톱을 닫았을 때는 새벽 3시가 다 되어 있었다.

날이 밝으면 세상이 뒤집어지겠구나.

성환은 파일 사본을 여러 개 만든 다음 온라인, 오프라인으로 분산시켜 몇 군데에 보관했다. 그리고 그대로 소파에 쓰러졌다.

12

7월 4일 목요일

점심시간도 한참 지난 오후. 성환의 연구실에 윤태형과 하영란이 찾아왔다. 성환은 아직도 부스스한 모습이었다. 태형과 영란이 자리를 잡고 앉자마자 성환은 이찬규가 남긴 동영상부터 재생시켰다. 재생 시간은 20초 남짓으로 길지 않았다. 동영상에는 두 사람이 등장했다. 문혜진 소장과 남편인 홍경수 교수. 부부는 연구실에서 독특하게 생긴 용기를 열었다. 홍경수가 용기 속 내용물을 잠깐 들어 보였다. 사람의 머리였다. 독특하게 생긴 용기는 아마도 장기를 운반하기 위해 특별히 제작된 듯 보였다. 화면에 사람 머리가 보이자 영란이 낮게 비명을 질렀다. 깜짝 놀라기는 태형도 마찬가지였다.

"여기 동영상 촬영 날짜를 한번 보시죠."

성환이 손님들을 진정시키며 말했다. 영상에 표시된 날짜는 지난 주 월요일 새벽. 그러니까 세종로 사건이 발생하기 직전이었다.

"이 머리가…… 세종로 살인사건 피해자의 머리일까요?"

성환이 태형에게 물었다.

태형은 자신의 스마트폰을 꺼내 저장된 자료를 열었다.

"여기 피해자 사진이 있습니다. 이걸로 비교해봅시다."

성환은 영상을 조작해 머리가 잘 보이는 장면에서 멈췄다. 화면이 깨끗하지 않아 얼굴 모습을 정확하게 보기 어려웠다.

"이 상태로 비교가 가능할지 모르겠습니다. 비슷한 것 같기도 하고."

태형은 사진과 정지화면을 번갈아 보았다.

"일단 이걸로 피해자 가족들에게 확인해봐야겠습니다. 그리고 문혜진 홍경수 부부를 소환조사하고 필요하다면 압수수색도 해야겠네요. 어쨌든 사람 머리를 들고 있으니 범죄사건과의 연관성이 있다는 혐의를 가질 수밖에 없습니다."

"그런데, 이건 대체 누가 어떻게 찍은 거죠?"

영란이 동영상에서 눈을 떼지 않고 물었다. 성환은 찬규가 남긴 문서 파일을 열어 두 사람에게 보여주었다. 표지에 일급기밀이라는 붉은 글씨가 선명하게 찍혀 있었다.

"더 황당한 얘기인데…… 이찬규가 남긴 비밀 프로젝트 문서입니다. 일명 우르드 프로젝트."

"우르드?"

"우르드는 북유럽 신화에 등장하는 여신의 이름이에요. 저도 몰라서 찾아봤어요. 과거를 관장하는 여신이라는군요."

성환은 '우르드 프로젝트' 문서를 한 장 한 장 넘겨 보여주었다.

"이게 대체 무슨 프로젝트입니까? 동영상과는 무슨 관계가 있죠? 교수님께서는 이미 읽으셨을 테니 쉽고 간단하게 설명 좀 해주시죠."

태형이 다급하게 청했다. 성환은 깊게 한숨을 쉬고 입을 열었다.

"한마디로 요약해, 과거를 들여다볼 수 있는 과거투시경 제작 프로젝트입니다. 하영란 기자님은 이미 들어보셨죠?"

"과거를 본다고요? 그게 가능한가요? 하영란 기자님은 이걸 어떻게 알죠?"

영란이 당황한 표정으로 대답했다.

"저도 취재하다가…… 이런 걸 개발한다는 제보 비슷한 걸 받았습니다만…… 그땐 황당한 찌라시 정도로만 취급했어요. 조성환 교수님한테 잠깐 물어보긴 했지만요."

성환이 영란의 말을 받았다.

"저도 이야기를 듣고 처음엔 황당했습니다만, 불가능한 얘기가 아닙니다. 홍경수 교수 전문분야가 원리적으로는 바로 이건데요. 우리가 동영상을 본다는 건 결국 물체에서 나온 빛의 정보를 저장했다가 재생하는 거잖아요. 그러니까 지금 여기 우리 주변을 돌아다니는 빛 알갱이들, 이걸 광자 즉 photon이라고 부르죠, 이 광자들로부터 어제의 정보를 모두 뽑아낼 수 있다면, 그걸 재구성해서 어제 여기서 무슨 일이 있었는지 알 수 있다는 거죠."

"오늘 카메라로 찍었는데 어제 화면이 나온다, 뭐 이런 말인가요?"

태형이 어이없다는 표정으로 물었다. 성환은 고개를 끄덕이며 대답했다.

"바로 그겁니다. 양자역학의 기본 원리에 따르면 현재로부터 과거를 재구성하는 일은 원리적으로 가능합니다. 물론 기술적으로는 어렵죠. 하지만 여기에 양자컴퓨터가 붙고 인공지능이 붙는다면? 얘기가 달라지죠."

성환은 영란에게 설명했던 핵심적인 내용을 요약해서 태형에게 설명했다. 태형을 위해 좀 더 구체적인 예를 덧붙였다. 인공지능이 불꽃이나 연기, 기상 같은 혼돈 현상, 즉 카오스를 예측하기 시작한 것이 벌써 오래전의 일이다. 예컨대 간단한 규칙이나 방정식을 이용하면 혼돈계를 쉽게 만들어낼 수 있다. 이렇게 생성된 카오스 데이터만 갖고 인공지능을 학습시키면 인공지능이 원래 이 카오스를 창조한 방정식을 전혀 몰라도 오직 데이터를 통한 학습만으로 미래를 예측할 수 있다. 카오스를 예측하는 일이 원리적으로 가능하다면, 인공지능을 이용해 날씨를 정확하게 예측하거나 심지어 지진을 예측할 수도 있을 것이다. 이를 역으로 이용하면 현재 눈에 보이는 결과물로부터 과거를 유추할 수도 있을 것이다. 특히나 가까운 과거의 일이라면 지금의 데이터로부터 과거를 추적하는 경우의 수가 먼 옛날보다 훨씬 줄어들기 때문에 현재에 가까운 과거일수록 더 쉽게 복원할 수 있다. 그러니까, 정말로 과거를 '투시'할 수 있다.

"인공지능이 이미지의 일부만 갖고도 전체 그림을 복원해내듯 어제의 사건을 구성하는 극히 일부의 광자만 가지고도 어제 일을 복원할 수 있다?"

영란이 맞장구를 치듯 목소리를 높였다.

"그렇죠. 그래서 홍경수 연구실의 연구원들이 문혜진 연구소에 가서 일했던 것 같습니다. 오늘의 광자에서 어제의 정보를 뽑아내고 그런 광자들을 모으고 거기서 다시 이미지를 복원하려면 인공지능의 도움이 필수적이겠죠. 하지만 일단 그게 가능하다면 그걸 이어 붙여서 동영상을 만드는 것도 가능할 거고요. 이찬규 박사가 아마도 이 프로젝트의 책임 연구원이었던 것 같습니다."

"엄청난 기술이군요……. 물론, 옛날 사람들이 지금의 카메라나 동영상을 본다면 말도 안 되는 기술이라고 펄쩍 뛰겠지만…… 이건 진짜 말도 안 되는 기술이에요. 만약 이게 사실이라면…… 이제 경찰은 할 일이 없겠는데요? 범죄현장에서 무슨 일이 있었는지 곧바로 알 수 있는 거 아닌가요?"

태형이 성환을 빤히 쳐다보면서 물었다.

"이미 현실이 됐습니다."

"네? 이미 현실이 됐다고요? 그럼 혹시…… 아까 본 동영상이 이 기술로 만들어졌단 말입니까?"

태형은 입을 다물지 못했다. 성환이 고개를 끄덕였다.

"그렇습니다. 이 동영상이 우르드 프로젝트의 결과물입니다."

세 사람은 한동안 아무 말도, 몸짓도 하지 못했다. 성환이 침묵을 깼다.

"짐작하시겠지만, 이건 대단히 유용하면서도 대단히 위험한 기술입니다. 이제 CCTV 없이도 마음만 먹으면 누가 언제 어디서 무엇을 했는지 알 수 있으니까요. 그래서 이 프로젝트는 국가의 일급기밀이었고, 국정원이 철저하게 관리했습니다."

"너무 무섭네요"

영란의 목소리도 떨리고 있었다.

"그렇습니다. 무서운 기술입니다. 이 보고서에 따르면, 한 가지 철칙을 만들었더군요. 가까운 과거는 들여다보지 않는다는 것. 연구소는 그 기준을 100년으로 정했습니다. 이 문서가 작성된 날짜를 기준으로 보자면, 우르드 프로젝트로 볼 수 있는 과거는 1918년 이전입니다."

"잠깐만요. 이걸로 100년 전 과거를 본다는 게…… 가능합니까?"

"적어도 이 보고서에 따르면 가능합니다. 저도 솔직히 믿기지 않습니다. 과거로 갈수록 정보를 복원하기가 훨씬 더 어려울 텐데, 아무리 양자컴퓨터의 성능이 뛰어나고 인공지능이 출중하다 해도 지금 기술로 이게 정말 가능한지……."

"그렇다면 저 동영상은 어떻게 찍은 겁니까? 100년은커녕 100일도 안 된 영상인데요?"

태형이 다급하게 물었다.

"그 비밀은 바로 여기 음성파일에 있습니다. 들어보시죠."

성환이 음성파일을 더블클릭했다. 이찬규가 누군가와 대화하는 내용인 듯했다.

*

"이 박사님이 이 일을 좀 해줬으면 합니다."

"이건…… 규정에 어긋나는 일 아닙니까?"

"그래서 이렇게 부탁하는 겁니다."

"아무리 그래도…… 100년 이내의 시간대에는 적용 금지인데, 이걸로 매일 연구실을 감시하라니요?"

"우리라고 좋아서 하겠습니까? 다 국가안보를 위한 일입니다. 박사님도 아시다시피, 이 기술은 유출되는 순간 국제적으로도 심각한 문제를 일으킬 겁니다. 이 기술의 존재 자체가 극비입니다. 따라서 우리 입장에서는 사전에 여러 겹의 보안수단을 강구할 수밖에 없습니다. 그게 우리가 하는 일이죠."

"국장님 말씀은 잘 알겠습니다만……."

"박사님 신분은 철저하게 보호될 것입니다. 이 계획을 아는 사람은 원장님과 저, 담당 직원, 그리고 박사님 이렇게 넷이지만, 이 작업을 하는 사람이 박사님이라는 사실은 저밖에 모릅니다. 이 보안계획 자체가 알려질 일이 없습니다."

"제가 거절하면요?"

"거절하지 못하실 겁니다. 아니, 거절하지 못할 제안을 드리 겠습니다."

*

파일은 여기서 끝났다. 태형이 먼저 입을 열었다.

"여기서 국장이라고 불리는 사람이 국정원 국장인가요? 이 프로젝트 책임자?"

"그렇지 않을까요?"

성환이 되물었다. 영란이 끼어들었다.

"그렇다면, 국정원이 규정을 어기고 일상적으로 연구소를 사찰했다는 얘기로군요. 이찬규 박사를 이용해서."

"그런 셈이죠. 아마도 프로젝트 관련자들은 자신이 개발한 기술이 일상적으로 자신을 감시하고 있었다는 사실을 까맣게 몰랐을 겁니다."

"아이러니하네요." 윤태형이 궁금한 표정으로 물었다. "그런데, 이찬규 박사는 왜 이 자료를 조 교수님께 넘겨줬을까요?"

"저도 그게 궁금합니다. 아마도 만약의 사태에 대비해 보관하고 있다가 뭔가 상황이 변해서 제게 알려준 것 아닐까요?"

"상황이 변했다면?"

"자살을 해야 할 상황이라든가⋯⋯ 하지만 저는 솔직히 찬규가 정말로 자살했는지⋯⋯ 여전히 의문이 있습니다. 혹시 윤 팀장님은 이번 사건에 대해 아시는 게 없나요?"

"그게⋯⋯ 저희 관할이 아니라서 잘은 모릅니다만, 예전에 있었던 '국정원 마티즈 사건'이라고 들어보셨죠?"

"예전에 국정원에서 민간인 해킹 의혹 났을 때 담당 직원이 차에서 자살한 사건 아닌가요?"

영란이 자신 있게 대답했다. 태형이 말을 이었다.

"네, 그게 지난 2015년 7월이었습니다. 대략 이맘때네요. 당시 그 직원이 번개탄을 조수석과 뒷자리에 하나씩 피워놓고 자살한 것으로 결론이 났었죠. 그 사건을 두고 여러 의혹이 있었습니다. 이번 사건에서도 비슷한 정황이 보입니다."

"그게 뭔가요?"

"우선 경사진 길에 차량이 뒤로 밀리지 않게 바퀴에 돌을 괴어놓은 점이 똑같아요. 자살하는 사람의 행위치고는 이해가 안 되죠."

"지금 죽으러 가는 사람이 차가 뒤로 밀릴까 봐 걱정한다는 게 이상하다는 거군요."

"그렇죠. 차가 밀려가서 다른 사람한테 피해를 줄까 봐 걱정이었다면 핸들을 꺾어두는 것으로 충분한데 말입니다."

"또 다른 점은요?"

"번개탄을 바로 옆에 피워놓으면, 일단 굉장히 뜨겁습니다. 두 개나 피웠다면 매캐한 연기 때문에 아주 고통스러웠을 겁니다. 그래서 일산화탄소에 중독되기 전에 거의 반사적으로 탈출하게 되죠. 밖으로 못 나오는 상황이라면 차 안에서 격하게 몸부림친 흔적이 있을 테고요. 아니면 수면제 같은 걸 먹고 깊은 잠에 빠져야 하는데."

"그럴 거면 그냥 수면제 많이 먹고 자살하는 게 오히려 편할 수도 있겠네요."

"그런 이유로 당시에도 타살 의혹이 많았습니다만 결국은 자살로 결론이 났죠. 근데 이번 사건에서도 그런 점들이 비슷하니까, 딱히 타살의 증거가 있다기보다…… 국정원 관련 사건에 심심찮게 이런 자살사건이 등장한다는 게 찜찜하죠."

"만약 타살이라면 많은 게 설명되겠군요. 알아서는 안 될 범죄사실을 알게 돼서 죄의식을 느껴서 관련 증거를 공개하려다 살해되고 자살로 위장된 거라면."

잠시 침묵이 흘렀다. 영란이 침묵을 깼다.

"이 자료…… 저한테도 주실 거죠?"

"그러려고 두 분을 모신 겁니다. 어쨌든 이 엄청난 일을 세상에 알려야죠."

태형이 끼어들었다.

"잠시만요. 이걸 〈사이언스이스트〉에서 먼저 터뜨리면 수사에 방해가 될 수도 있어요. 저희가 압수수색하고 다른 증거를 확보한 뒤에 공개하는 게 어떨까요?"

"엠바고를 걸겠다는 말씀이시죠?"

"오래 걸리진 않을 겁니다."

두 사람의 협상이 끝난 듯했다. 조성환은 두 사람에게 USB를 하나씩 넘겼다.

"정말 고생 많으셨습니다, 교수님. 나머지는 저희에게 맡기시죠."

연구실 문을 나서며 영란이 위로하듯 말했다.

*

태형은 씩씩거리며 자기 자리로 돌아왔다. 과장은 '국정원 나와바리'는 경찰도 함부로 못 건드린다고 못을 박았다. 태형이 제시한 증거도 무시했다. 하긴, 과거를 찍은 동영상이라니. 어제까지의 그였다면 뚱딴지 같은 소리라며 웃어넘겼을지도 모른다.

국정원 빽이 세긴 세구나. 정 그러시다면 플랜B를 가동하는 수밖에.

숨을 몰아쉬는데 강덕이 다가왔다.

"팀장님 말씀대롭니다. '친일'이라는 키워드가 유효했습니다."

"알파폴리스 결과가 나온 거야?"

"일단 이거부터 보시죠."

강덕이 손에 들고 있던 문서를 내밀었다. 문서를 훑던 태형의 표정이 심각해졌다.

"정말이야? 오프라인으로도 확인해봤어?"

"사실입니다. 교차확인까지 하느라 시간이 걸렸습니다."

태형은 스마트폰을 들고 밖으로 나갔다. 바깥의 열기가 훅 끼쳤다. 담배를 물고 불을 붙인 뒤에 전화를 걸었다.

"하 기자님? 접니다."

"네 팀장님. 일은 잘되셨어요? 저희는 기사 준비해놓고 스탠바이 중입니다. 언제쯤 풀 수 있을지요?"

"압수수색 안 한답니다. 소환조사도 하지 말라는군요."

"그래요? 그렇다면…… 지금 바로 풀어도 되는 거죠?"

"지금으로서는 그 방법밖에 없어요. 여론이 끓어오르면 그땐 경찰도 검찰도 어쩔 수 없이 움직일 겁니다."

"지금 바로 까겠습니다."

"그리고 또 한 가지. 일가족 실종사건의 공통점이 나온 것 같습니다. 조금 황당하긴 합니다만."

"그게 뭔가요?"

"실종된 이들의 4대 혹은 5대 조부가…… 같은 곳에서 일했습니다."

"4대나 5대 조부요? 그게 대체 언제죠?"

"구한말이에요. 고종 시절."

"알파폴리스, 진짜 대단하네요! 근데, 그 할아버지들이 같이 일했다는 곳이 어디인데요?"

"경복궁."

13

7월 4일 목요일

〈사이언스이스트〉 홈페이지는 마비되었다. 동영상은 인터넷을 타고 삽시간에 퍼져나갔다. 문혜진과 홍경수는 실시간 검색어 1, 2위를 차지했다. 〈사이언스이스트〉가 공개한 영상 속 머리는 모자이크 처리되었으며, 문혜진, 홍경수 부부가 취재에 응하지 않아 어쩔 수 없이 영상을 공개한다고 기사는 밝혔다. '우르드 프로젝트'도 공개되었다. 문건 전문을 공개한 것은 아니지만, 프로젝트의 개요만은 실려 있었다. 음성파일도 공개되었다. 영상에 대한 신뢰감을 높이려면 문건과 음성파일을 함께 공개하는 수밖에 없었다. '우르드 프로젝트' 역시 실시간 검색어 상위에 랭크되었다. 공중파 방송의 저녁 뉴스는 문혜진, 홍경수 사건으로 도배되다시피 했다. 기자들이 인공지능연구소와 자택 앞에 진을 치고 중계하기도 했다. 영란은 온종일 통화중이었다.

국가일급기밀을 넘겨준 게 과연 잘한 짓일까?

인터넷 게시판을 훑던 성환은 문득 두려움을 느꼈다. 그러다 마음을 다잡았다. 이것은 반드시 밝혀져야 하는 진실이다. 비밀주의와 과학은 양립할 수 없다. 찬규의 죽음도 파헤쳐야 한다…….

한창 머리가 복잡해질 무렵, TV에 속보가 떴다.

[뉴스속보] 홍경수 교수, 내일 오전 경찰 출두 예정, 입장표명 여부 관심

성환은 쉽게 잠들지 못했다. 혹시라도 자료를 제공한 사람이 자신임을 알고 국정원에서 찾아오는 건 아닐까. 홍경수 교수 쪽에서 자신을 추궁하는 것은 아닐까. 경찰이나 〈사이언스 이스트〉에서 취재원 정보가 새서 기자들이 몰려오진 않을까. 온갖 걱정이 몰려들어 밤새 스마트폰만 노려보았다. 다행히 새벽이 되도록 스마트폰은 울리지 않았다.

*

다음 날 아침, 종로경찰서.

주차장은 이미 기자들로 북새통을 이루었다. 팀원들과 함께 자리를 잡는 영란 주변으로 다른 언론사 기자들이 몰려들었다. 취재원이 누구냐, 더 갖고 있는 정보가 있느냐, 하는 질문이 쏟아졌다. 영란은 애매한 미소로 대답을 대신했다.

"저기 들어온다!"

누군가의 외침에 경찰들의 움직임이 갑자기 분주해졌다. 시선이 입구 쪽으로 쏠렸다. 검은색 승용차 한 대가 천천히 들어왔다. 사방에서 카메라 플래시가 터지고 기자들이 벌 떼처럼 몰려들었다. 뒷좌석 문이 열리고 홍경수가 무거운 표정으로 내렸다. 그는 굳게 입을 다물고 경찰의 보호를 받으며 계단을 올라갔다. 로비에는 태형이 나와 있었다. 질문하는 기자들의 목소리가 더욱 커졌다.

"이윤철 씨를 죽였습니까?"

"영상 속 머리는 지금 어디 있습니까?"

"과거를 찍을 수 있다는 게 사실입니까?"

홍 교수는 걸음을 멈추고 굳은 표정으로 기자들을 둘러보더니 천천히 입을 열었다. 그의 입가에는 이미 마이크가 수십 개 모여 있었다.

"물의를 일으켜 송구합니다. 먼저 밝혀둘 사실이 있습니다.

저의 4대 조부, 그러니까 고조할아버지께서는 조선의 무관이셨습니다. 1895년 을미년 시월에 중전을 호위하던 중 큰 부상을 입고 후유증으로 돌아가셨습니다. 돌아가시기 전 왕께 하사받은 밀지를 남기셨습니다. '국모 시해를 도운 조선인 대역죄인들과 그 가문을 멸하라. 대를 이어서라도 이 명을 수행하라.' 밀지에는 이 같은 명과 함께 역적들의 이름이 적혀 있었습니다."

좌중이 술렁였다. 홍경수가 말을 이었다.

"이윤철은 5대 독자로 미혼이었습니다. 을미년 시월 궁궐수비대원으로서 일본 낭인들의 길잡이를 했던 역적 이병춘의 후손은 이제 이 땅에 없습니다. 자살한 이찬규 박사는 제가 이 일에 끌어들였습니다. 사체의 머리를 처리한 그가 죄책감을 이기지 못하고 극단적인 선택을 한 것 같습니다. 이 박사 일은 무척 가슴이 아픕니다. 저희 가문은 4대에 걸쳐 고종황제폐하의 밀명을 완수하기 위해 노력해왔습니다. 이제 기쁜 마음으로 민주공화국의 법에 따라 죗값을 치르겠습니다."

질문이 빗발쳤다.

"범행 사실을 시인하는 겁니까?"

"사체는 어떻게 매달았습니까?"

"고종의 밀서를 보관하고 있습니까?"

"다른 역적들은요?"

"밀서를 받은 가문이 몇이나 됩니까?"

"피해자를 계속 추적해온 겁니까?"

"부인인 문혜진 소장도 범행에 가담했습니까?"

묵묵히 플래시 세례를 받던 홍경수는 '문혜진'의 이름을 듣고 반응했다.

"제 아내는 이 사건과 아무 연관이 없습니다. 모두 저 혼자 한 일입니다."

"교수님께서는 지금까지 뉴라이트 활동을 하지 않았습니까?"

"저의 신분과 임무를 숨기기 위해 일부러 뉴라이트 활동을 했습니다. 덕분에 역적들의 자손을 추적하는 데에도 도움이 되었지요. 제 활동 때문에 상처받은 분들이 많은 줄 압니다. 용서를 구합니……."

홍경수의 답변이 채 끝나기도 전에 날카로운 목소리가 들려왔다.

"이 사건이 우르드 프로젝트와는 무슨 관계가 있습니까?"

홍경수의 얼굴이 굳어졌다. 하영란 기자였다.

"우르드 프로젝트는 양자역학의 기본원리를 이용, 빛 알갱이로부터 과거의 정보를 수집해 이미지로 만드는 프로젝트입니다. 한마디로 말해 과거투시경입니다. 인공지능과 양자컴퓨터 기술이 발전하면서 예전에는 상상도 못했던 일이 가능해졌습니다. 저는 120여 년 전 을미년 시월의 그 끔찍한 만행의 흔적을 찾기 위해 이 프로젝트를 시작했습니다. 반인륜범죄에는 공소시효가 있을 수 없습니다. 저는 우르드 프로젝트를 통해 일본을 역사의 법정에 세우고 싶었습니다. 그것이 제가 물리학에 매진한 가장 큰 이유입니다."

다시 질문이 쏟아졌다.

"과거를 투시한다는 게 정확하게 무슨 뜻입니까?"

"과거를 사진처럼 찍는다는 얘기인가요?"

"그렇다면 을미사변 현장도 사진처럼 찍을 수 있습니까?"

홍경수는 말없이 재킷 속주머니에서 종이를 한 장 꺼내 펼쳤다. 그가 펼친 A4 크기의 종이에는 여인의 얼굴이 프린트되어 있었다. 이 장면을 실시간 중계로 지켜보던 성환은 깜짝 놀랐다. 현장에 있던 영란과 태형도 마찬가지였다. 사진은 피해자 이윤철의 가슴에 박힌 그림과 똑같았다.

"기초과학이 무슨 쓸모가 있느냐는 얘기를 많이들 하시는데, 양자역학이 인공지능과 빅데이터를 만나면 이렇게 놀라운 일도 가능합니다. 여러분."

홍경수가 잠시 호흡을 가다듬었다.

"명성황후의 얼굴을 최초로 공개합니다."

플래시 터지는 소리가 더욱 커졌다. 홍경수는 경찰의 안내를 받아 경찰서 건물 안으로 들어가버렸다.

14

7월 5일 금요일

언론이 폭발했다.

'명성황후'는 줄곧 실시간 검색어 순위 1위 자리를 지켰다. 언론은 지상파와 종편, 케이블을 막론하고 특집방송을 쏟아냈다. 역사학사, 물리학자, 인공지능 공학자부터 뇌과학자, 변호사, 법학자에 이르기까지 온갖 분야의 전문가들이 등장해 상황을 해석했다. SNS 채널마다 갑론을박이 격렬했다. 시간이 지날수록 홍경수가 할 일을 했다는 여론이 힘을 얻는 듯했다. 정오쯤 만들어진 '홍경수 팬카페'는 몇 시간 만에 가입자 수 5만 명을 넘어섰다. 홍경수를 지키자고 나선 사람들이 홍경수의 연구실과 문혜진 연구소가 있는 대명대학교 정문 앞에서 촛불집회를 연다고도 했다.

대명대학교 인공지능연구소는 즉각 보도자료를 내고 홍경수의 발언을 전면 부인했다. 세계 최고 수준의 인공지능을 운영하고 있는 것은 맞지만 과거를 투시하는 능력은 없으며 앞으로도 그런 연구를 진행할 계획이 없다고 못박았다. 아울러 공동연구를 진행 중인 홍경수 교수가 끔찍한 살인사건에 연루돼 유감이지만, 이는 개인의 일탈일 뿐 연구소와는 무관하다고 입장을 밝혔다. 과기부에서도 연구소의 보도자료와 크게 다르지 않은 공식 입장을 발표했다. 과거투시경은 과학적인 근거가 없는 홍경수의 상상의 산물일 뿐이라고. 또한 국가의 지원을 받는 과학자가 살인사건에 연루되어 유감이며, 죄의 유무에 따라 홍경수 교수가 사법처리를 받게 될 것이고, 연구 지원을 계속할지의 여부는 경찰과 검찰의 수사결과를 지켜보며 결정하겠다고 발표했다.

성환도 특집 프로그램 섭외를 받고 방송국 스튜디오로 향했다. 세상을 들끓게 한 이 정보가 성환에게서 나왔다는 것을 아는 사람은 아직 영란과 태형뿐. 피해자의 머리를 이찬규가 처리했고, 그로 인한 죄책감으로 자살한 것 같다는 홍 교수의 말이 뇌리에서 떠나지 않았다.

찬규도 살인사건에 가담했다는 말인가. 최소한 사체유기를 했다는 건가. 성환은 도저히 믿을 수 없었다.

방송이나 여론의 관심은 온통 명성황후와 우르드 프로젝트에 쏠려 있었다. 과거투시경이 사실이라면 홍경수가 노벨상을 받을 거라는 전망도 나왔다.

방송국에서도 과거투시경의 과학적인 원리를 묻는 질문이 쏟아졌다.

"과거를 대체 어떻게 본다는 거죠?"

"정확하게는 과거 특정 시점의 정보를 갖고 있는 광자 즉 빛 알갱이를 분석해서 이미지로 만든다는 거죠."

"그게 과학적으로 가능합니까?"

"양자역학의 기본원리에 따르면 불가능하진 않습니다. 정보는 보존되니까요. 물론 기술적으로는 어렵겠지만요."

"명성황후의 사진은 대체 어떻게 찍은 걸까요?"

"경복궁을 중심으로 광자를 수집해 을미사변 전후의 데이터를 얻었겠죠. 사건이 나기 한두 달 전까지의 데이터만 수집해도 누가 황후인지 알 수 있었을 겁니다."

"무려 120년 전의 사건인데요. 그 현장에 있었던 광자의 정보를 모두 얻을 순 없지 않습니까?"

"물론입니다. 하지만 인공지능이 발전한 덕분에 극히 일부의 데이터만으로도 전체적인 윤곽을 잡아낼 수 있습니다. 생물학에 비교해부학이라는 분야가 있죠. 예를 들면 고생물 전문가들은 화석에서 찾은 뼛조각 하나로 전체를 추측합니다. 치아만 보고도 턱의 형태를 알아낼 수 있고요. 개표방송을 보면 몇 퍼센트 개표된 결과를 토대로 당락을 예측하지 않습니까? 그것과 비슷합니다."

"이미지 복원에서도 그런 작업이 가능합니까?"

"가능합니다. 특히 인공지능 기술이 큰 도움이 될 수 있습니다. 인공지능이 우리 일상을 담은 수많은 사진과 영상을 학습해두었다면…… 제한된 데이터만 가지고도 전체적인 그림을 그릴 수 있습니다."

"그런데 말이죠, 우리 후손들은 명성황후의 정확한 얼굴을 알지 못하지 않습니까? 홍경수 교수가 제시한 사진이 정말로 명성황후의 얼굴인지 아닌지 검증할 수 없는 거 아닌가요?"

"보도된 내용을 보니 홍경수 교수가 고종황제의 얼굴 또한 자신의 시스템으로 재현해냈다는군요."

"그렇다고는 하지만, 여전히 정확한 비교는 아니지 않습니까? 게다가 고종황제의 얼굴은 사진이라는 형태로 우리 후손에게 주어졌습니다. 홍경수 교수가 이미 알려진 고종황제의 사진을 자신의 이미지에 이용했을 거라는 의혹도 있던데요?"

"그 말씀도 맞습니다. 다만, 아무것도 없는 상태에서 오로지 미가공 데이터로 두 분의 모습을 재현했고, 한쪽이 알려진 결과와 비슷하다면 다른 쪽 결과물에 대한 신뢰도도 당연히 높아지겠죠."

"이미지를 복원했다면…… 이미지들을 이어 붙이면 동영상이 되는 거 아닌가요? 혹시 을미사변 현장을 동영상으로 복원할 수도 있을까요?"

"이론적으로는 가능합니다만…… 지금의 기술로는 어렵지 않을까요. 오늘 홍 교수가 동영상까지는 없다고 경찰에 진술했다는 보도를 봤습니다."

"해당 연구소와 과기부에서는 기술 자체를 부인하고 있는데요."

"원리적으로 가능하다는 것과 실제 기술로 구현한다는 건 전혀 다른 문제니까요. 홍경수 교수의 말이 사실인지는 좀 더 면밀하게 조사해야 할 겁니다."

"만약 홍경수 교수의 말이 사실이라면 이건 노벨상감 아닌가요?"

"이 기술 자체만 놓고 본다면…… 만일 현실적으로 구현이 되었다면, 네. 그렇습니다."

짧은 탄성이 터져 나왔다. 하지만 과학기술적인 이야기는 여기까지였다. 나머지 분량은 고종의 밀서와 을미사변의 진실, 일본과의 외교관계에 할애되었고, 과거투시경이 우리 생

활 전반에 미칠 영향에 대해서도 치열한 설전이 오갔다. 물론
성환이 끼어들 틈은 없었다. 핵무기를 만든 과학자들이 핵무
기의 이용과 통제에서 소외되었을 때에도 이런 느낌이었을까.

*

방송을 마치고 대기실로 돌아가던 조성환을 중년의 사내가
불러 세웠다.
"괜찮으시다면 내일 말씀 좀 나누고 싶습니다. 저는 박정훈
이라고 합니다. 국가정보기관에서 일하고 있는 사람입니다."
"국정원 말인가요?"
"다른 부서가 있습니다. 자세한 내용은 내일 만나서 말씀드
리겠습니다."
박정훈은 조성환에게 명함을 건넸다.
또 다른 기관이라…….
호기심이 발동한 탓인지 성환은 흔쾌히 약속을 잡았다.

15

7월 6일 토요일

이튿날, 홍경수는 이윤철 살해 및 사체유기 혐의로 구속되었다. 지지자들은 세종로의 이순신 장군 동상 앞에서 홍경수를 석방하라는 시위를 시작했다. 대명대학교 앞으로 몰려가 혹시나 있을지 모를 검찰의 압수수색에 대비하는 사람들도 있었다. 언론사에서 발표한 긴급여론조사 결과에 따르면 홍경수의 행동에 찬성한다는 의견과 반대한다는 의견이 팽팽하게 맞섰다. 하지만 홍경수의 처벌에 대해서는 원하지 않는다는 의견이 절반을 넘었다.

연구실에 나와 웹서핑을 하는 성환에게는 모든 게 혼란스러웠다. 이윤철 살인사건은 이미 명성황후 사진 공개에 가려진 느낌이었다. 노크 소리가 들리더니 박정훈이 들어왔다. 부하로 보이는 젊은 사내 둘과 함께였다.

"국가안보국은 처음 들어보시죠?"

"NSA(미국 국가안보국)는 들어봤는데, 한국에도 있었나요? 언제 만들어졌죠?"

"오래되지는 않았습니다. 정보기관이 국정원밖에 없던 시절, 내부 개혁에 한계를 느낀 VIP께서 경쟁하고 감시하는 기구를 외부에 만든 거죠. 저희는 국정원보다 훨씬 더 비밀스럽게 움직입니다. 저는 실장을 맡고 있습니다."

"실장님이라면 꽤 높으신 분일 텐데…… 저한테 무슨 볼일이 있으신지요?"

"홍경수, 문혜진 부부에 대해서는 저희도 오래전부터 모니터링하고 있었습니다. 홍경수는 을미사변 당시 궁궐을 지키던 시위대(侍衛隊) 1연대 1대대 소대장 홍지원 참위의 후손으로, 저희가 파악하기로는 을미사변 고종의 밀지를 받은 게 맞습니다."

"밀지 얘기가 사실이군요."

"밀지를 받은 사람은 한 명이 아닙니다. 고종은 가장 믿을 만한 군인 다섯 명에게 비밀리에 밀서를 내려 역적 처결을 명했습니다. 이 다섯 군인은 밀명을 수행하기 위해 '이화오엽(李花五葉)'이라는 비밀결사를 조직했습니다. 이화오엽은 경술국

치 이후에도 계속 존속하며 독립운동에 투신했지요."

"오얏꽃 다섯 이파리?"

"그렇습니다. 조선 왕조가 오얏나무 이(李) 자를 썼지요. 대한제국 황실의 공식 문장도 이화문(李花紋)이었고요. 그리고 이화오엽은 여전히 존재합니다."

"정말입니까?"

"이번 이윤철 살인사건 또한 홍경수의 단독 범행이 아니라 이화오엽이 움직인 겁니다. 이 조직원 중에 국정원의 김상국 국장이 있습니다. 바로 '우르드 프로젝트'의 책임자입니다."

"국정원까지…… 대단하군요."

"국정원의 일부는 간단히 움직일 수 있습니다. 그래서 드론과 같은 범죄 증거들도 손쉽게 처리할 수 있었겠죠. 이들이 이화오엽을 유지하는 건 그렇다손 치더라도, 사조직이 국가기관이나 인공지능연구소 같은 주요 국가안보시설까지 장악하면 심각한 문제가 생길 수 있습니다. 저희가 가장 우려하는 것도 그것입니다."

"그렇다면 문혜진 소장님이 계신 인공지능연구소나, 홍경수 교수님의 광학 연구실이 다 이화오엽의 수중에 있다는 겁니까? 과거투시경과 함께?"

"그럴 가능성이 매우 높다고 봅니다. 저희의 목표는 이 같은 국가기관과 연구시설이 정부의 통제하에 있도록 되돌리는 것입니다. 그러려면 압수수색을 포함한 강도 높은 수사를 해야 하고, 범죄행위가 드러날 경우 법에 따른 사법적 처리가 뒤따라야 합니다. 국가기관이 범죄행위를 저질러서는 안 되잖습니까? 더군다나 살인은."

"그게 저와 무슨 상관이죠?"

"하영란 기자가 보도한 파일이 조성환 교수님에게서 나왔다는 사실은 이미 알고 있습니다. 그 파일은 죽은 이찬규 박사가 남긴 것이고요."

"무슨 근거로 그렇게 말씀하시는 거죠?"

성환의 목소리가 약간 떨렸다. 박정훈은 아랑곳하지 않고 말을 이었다.

"그걸 문제 삼으려는 게 아닙니다. 지금 저희는 교수님의 도움이 필요합니다. 여론이 홍경수에게 대단히 우호적으로 형성되고 있습니다. 이것 역시 상당 부분 이화오엽의 작품일 겁니다. 몇몇 유력 언론사를 포섭할 정도의 능력은 되거든요. 살인 사건이라는 프레임을 명성황후 시해사건으로 바꿔버렸잖아요. 홍경수 교수가 굳이 밝히지 않아도 되었을 명성황후의 사진을 공개한 것도 그런 계산에서였을 겁니다. 그게 지금 효과를 보고 있죠. 이렇게 되면 과거투시경 기술을 회수할 방법이 없습니다. 인공지능연구소와 광학 연구실에 대한 면밀한 수사가 필요합니다. 그러기 위해서는 정말로 결정적인 한 방이 필요하고요."

"그게 뭔가요?"

"교수님이 더 잘 아시잖습니까? 이찬규 박사가 남긴 자료가 또 있을 텐데요."

"하영란 기자가 공개한 파일 세 건이 전부입니다."

"확실합니까?"

"확실해요. 제가 뭔가를 더 숨길 이유가 있겠습니까? '우르드 프로젝트'도 공개했는데요. 파일은 그 셋뿐이었습니다."

"혹시 이찬규 박사님과 마지막 통화를 하실 때 다른 얘기는 없었습니까?"

"통화 내역까지 파악하셨군요. 별다른 얘기는 없었습니다. 그저 밥 한번 먹자는 얘기였으니까요."

"알겠습니다. 저희는 교수님을 믿습니다. 혹시 이찬규 박사님 관련해서 새로운 게 생각나시면 이리로 연락주시기 바랍니다. 아무리 사소한 내용이라도 괜찮습니다. 그리고……."

박정훈은 말을 멈추고 연락처가 적힌 종이를 한 장 내밀었다. 그 아래에 스마트폰이 놓여 있었다.

"명심하십시오. 전화나 문자, 이메일, SNS…… 모든 걸 조심하셔야 합니다. 지금쯤이면 저쪽…… 그러니까 국정원 애들이 교수님의 모든 걸 감시하기 시작했을 테니까요. 지금 여기서 우리가 나눈 얘기도 도청 중일지 모르겠군요."

"뭡니까 이게?"

"지금 쓰시는 것과 같은 모델입니다."

"그건 또 어떻게……. 그리고 제가 당신들을 어떻게 믿죠?"

"믿고 안 믿고는 교수님 자유입니다. 적어도 이걸 쓰실 때 '저쪽'이 모르리라는 건 확실하죠."

성환은 말문이 막혔다. 말을 마친 박정훈은 엷은 미소를 지으며 자리에서 일어났다. 연구실을 나가려던 그가 잠시 걸음을 멈추었다.

"조만간 국정원의 김상국 국장이 연락해올 겁니다. 용건은 저희가 찾아온 것과 같을 거고요. 그럼 이만."

박정훈은 가볍게 묵례하고 연구실을 나갔다. 혼자 남은 성환은 자리에 털썩 주저앉았다. 어쩌다가 정보기관들의 세력다툼에 끼어들게 된 걸까? 이화오엽이라는 백 년 전 조직이 지금도 존재한다고? 김상국 국장은 또 누구지? 그건 그렇고 지금 여기도 도청되고 있는 걸까? 그때 성환의 스마트폰이 울렸다.

"조성환 교수님? 저는 국정원에서 일하는 김상국이라고 합니다."

16

7월 6일 토요일

어느덧 여름의 한가운데였다. 차를 몰고 한강을 건너던 성환은 지난주 윤태형, 하영란과 함께 문혜진 소장을 방문한 일을 먼 옛일처럼 떠올렸다. 불과 열흘 사이에 세상이 뒤바뀌었다.

그때는 찬규가 살아 있었는데…….

한강에 반사된 햇빛이 유난히 눈부셨다.

대명대학교 정문 앞에는 피켓과 플래카드를 든 사람이 새까맣게 모여 있었다. 성환은 경비원의 안내를 받아 캠퍼스로 들어갔다.

인공지능연구소 로비에는 며칠 전 장례식장에서 만난 국정원 직원들이 마중 나와 있었다. 이들이 미리 손을 써두었는지 성환은 이번엔 보안검색 없이 곧바로 2층 회의실로 올라갔다.

널찍한 회의실에는 수트를 차려입은 중년 사내가 한 명 앉아 있었다. 그가 성환을 보고 환하게 웃으며 일어나 악수를 청했다.

"처음 뵙겠습니다. 김상국입니다."

"조성환입니다."

"차 한 잔 드릴까요?"

"아이스 아메리카노도 되나요?"

"물론입니다. 저도 같은 걸로 하지요."

김상국이 눈짓하자 사내들이 회의실 밖으로 나갔다. 조성환과 김상국이 인사말을 나누는 사이 탁자 위에 유리잔 두 개가 놓였다. 성환은 목이 말랐던지 커피부터 들이켰다.

"박정훈 실장님과의 대화는 즐거우셨습니까?"

"저의 사생활을 다 아시는군요."

"박 실장님의 업무를 잘 안다고 해두죠."

"말씀을 들어보니 굳이 저를 안 부르셔도 되셨을 텐데요."

"한번 뵙고 싶었습니다. 이화오엽에 대해서는 들으셨을 테지요."

"들었지만 믿어지지는 않네요."

"그러실테죠. 하지만 500년을 이어온 왕조에 그런 조직 하나 없다면…… 그게 더 이상한 일 아니겠습니까?"

"아무리 그렇다 해도 120년 전의 일로 당사자도 아닌 사람에게 사적인 복수를 한다는 건 용납될 수 없습니다. 게다가 지금 우리는 왕조가 아닌 민주공화국 시대를 살고 있으니까요."

"용납될 수 없는 일이죠. 홍경수 교수는 이제 본인의 죗값을 치를 겁니다. 그런데 말입니다. 세상을 살다 보면 실정법으로는 설명할 수 없는 일들도 있습니다. 친일파가 득세한 대한민국의 이 역사가 실정법으로 설명이 될까요? 과거투시경으로 사람들의 과거를 들여다본다는 얘기는 또 어떻습니까?"

"이윤철이 친일파라도 된다는 얘깁니까? 설령 그렇더라도, 개인 내지는 사조직이 목을 벨 수는 없는 일입니다."

"이윤철은 그저 역적의 후손이 아닙니다. 우리만 조직이 있다고 생각하시면 착각이에요. 명성황후 시해에 가담한 놈들도 먹고살자고 조직을 만들었습니다. 물론 일본이 뒤를 봐줬고요. 지금까지도 야쿠자를 통해 일본 흑룡회와 연결돼 있습니다. 이 무슨 역사의 장난인지…… 이윤철은 지속적으로 우르드 프로젝트의 정보를 빼내어 흑룡회에 넘겨왔습니다. 우린 필사적으로 이를 저지했고요. 이윤철의 시체를 충무공 동상에 매단 건…… 그들에 대한 일종의 경고였습니다."

"이윤철이 아베나 고바야시하고 연결되어 있었습니까?"

"어떻게 아셨습니까?"

"아…… 그거야…… 고바야시 교수는 물리학계에서 유명한 사람이라서요. 야쿠자 조직에 연결돼 있다는 소문도 파다하고요. 아베라는 사람은 이름만 들었고 정확히 누군지는 모릅니다."

"흑룡회와 연결되어 있는, 야쿠자 행동대장입니다. 이윤철의 관리자이기도 하지요. 이윤철로부터 얻은 프로젝트 정보를 인공지능 전문가인 고바야시와 공유하고 있는 것으로 이쪽에선 파악하고 있습니다. 고바야시가 지금 한국에 들어와 있는 것도 이 사건과 무관하지 않을 겁니다."

"그건 그렇고…… 정말로 이찬규 박사가 시체 유기에 가담했습니까? 그것 때문에 자살했다고요?"

꼭 묻고 싶었던 질문이었다. 김상국은 표정 하나 바꾸지 않고 대답했다.

"그건 홍 교수가 충분히 설명한 것으로 알고 있습니다. 그 이상은 저희도 모릅니다."

"연구실 주변 감시를 맡긴 사람이 국장님 아닙니까? 음성파일 속 목소리의 주인공."

"기밀이라 말씀드릴 수 없습니다만, 설령 그렇다 해도 그것과 이찬규 박사의 죽음이 무슨 관계에 있는지 모르겠네요."

조성환은 뭐라고 말을 하려다 멈추었다. 그저 빨대를 물고 남은 커피를 마셨다. 유리잔에는 얼음만 남았다.

"저를 여기까지 부르신 이유가 뭡니까?"

"보여드릴 게 있습니다."

김상국은 웃으며 자리에서 일어났다. 성환도 따라 일어났다. 김상국은 조성환을 데리고 별관으로 향했다.

"여기는 저번에 와보셨죠."

공개 연구실을 지나면서 김상국이 말했다. 모퉁이를 돌자 긴 복도가 나왔다. 복도 끝에는 덩치 좋은 사내 둘이 '제한구역'이라고 큼지막하게 쓰인 문 앞에 서 있었다. 두 사람은 별다른 제지를 받지 않고 제한구역으로 들어갔다. 그곳에는 엘리베이터만 하나 덩그러니 있었다. 두 사람은 엘리베이터에 탑승했다. 층수 표시는 없었지만 아래로 내려가는 것만은 느낄 수 있었다. 세 개 층을 내려갔을까 싶을 때쯤 문이 열렸다. 성환은 김상국을 따라 내렸다. 아무것도 없는 커다랗고 둥근 방이 조성환을 맞이했다. 성환이 방의 한가운데쯤 갔을 때 벽이 환하게 밝아졌다.

"벽면에 LED를 두르신 건가요?"

"맞습니다."

김상국은 만족스럽다는 표정으로 주위를 둘러보았다. LED

화면에는 인공지능연구소 주변의 풍경이 360도로 펼쳐졌다.

"김상국 국장님, 조성환 교수님, 어서 오십시오."

공간에 목소리가 울렸다. 조성환은 깜짝 놀라 주변을 두리번거렸다. 김상국이 웃으며 말했다.

"놀라실 것 없습니다. '황진이'의 후속 모델인 '놀부'입니다. 연구소 시스템 전반을 관리하고 있죠."

"어떻게 제 이름을?"

"얼굴을 보고 누구인지 파악하는 건 요즘 인공지능에겐 너무나 쉬운 일이죠."

"'놀부'가 과거투시도 합니까?"

"저는 그렇게 어려운 일은 하지 않습니다."

방이 대답하자 성환은 다시 움찔했다. 하늘에서 들려오는 소리 같기도 하고 귓속에서 바로 울리는 소리 같기도 한, 묘한 소리였다.

"'놀부'가 하지 않는다면, 그 어려운 과거투시를 누군가는 하고 있다는 거로군요."

김상국은 빙긋 웃으며 조성환을 데리고 방을 가로질러 걸어갔다. 엘리베이터 반대편에 문이 하나 있었다. 가까이서 자세히 보고야 그것이 문이라는 걸 알았다.

"'놀부'의 데이터센터입니다."

여러 층의 선반이 대형마트의 진열대처럼 줄지어 늘어서 있었다. 영화에서 본 듯한 장면은 아니었다. 규모도 크지 않았다.

"연구소와 관련된 모든 사항, 전력부터 환기, 보안까지 우리 연구소와 관련 있는 데이터는 모두 여기 저장됩니다. 반경 1킬로미터 이내의 모든 CCTV도 이곳과 연결돼 있습니다."

"여기서 과거투시를 하는 건…… 아니겠죠?"

조성환의 질문에 김상국은 오른손 검지로 바닥을 가리켰다.

"솔직히 말씀드리죠. 그러려고 모신 거니까. 그건 이 아래에 있습니다. '놀부'는 시스템 관리만 해요. 나중에는 이전 모델인 '황진이'처럼 대외적인 역할도 할 겁니다. 과거투시를 하는 인공지능은 '태황후'입니다. '태황후'야말로 우르드 프로젝트의 핵심이죠. '태황후'의 데이터센터는 물론 이보다 훨씬 큽니다. 컴퓨터의 CPU에 해당하는 장치도…… 많이 다르죠. 지금 보여드릴 수 있는 건 여기까지입니다. 하지만……."

"하지만?"

"저희와 함께 일해보지 않겠습니까? '태황후'와 함께 말입니다."

"제가요? 왜요?"

"홍경수 교수님은 이제 이 작업을 못 하실 겁니다. 이찬규 박사님까지 안 계시니 프로젝트에 큰 구멍이 두 개나 뚫린 셈이죠. 제가 여기저기 수소문한 결과…… 교수님이 함께해주신다면 큰 도움이 될 것 같습니다. 이찬규 박사와는 친한 사이셨지요. 그분의 죽음은 저희도 무척 안타깝게 여기고 있습니다. 부디 이 박사님을 대신해 저희를 도와주십시오."

"살인사건의 배후로 의심받는 이화오엽의 일을 하란 말입니까?"

"국가의 명운이 달린 문제입니다. 우리 연구소의 성과를 논문으로 공개한다면 노벨상 따위는 문제가 아니겠죠. 하지만, 우리는 상보다 더 소중한 가치를 따르고 있습니다. 과거를 본다는 건 20세기의 핵무기와는 비교조차 할 수 없는 엄청난 전략 자산입니다."

성환은 입을 열지 못했다. 찬규의 얼굴이 눈앞에 선했다. 박정훈 실장의 모습도 떠올랐다.

"지금 결정해야 합니까?"

"빠를수록 좋겠죠. 부디 긍정적으로 고려해주십시오."

김상국은 정중한 자세로 허리를 숙였다. 조국의 명운이라는 말이 성환의 어깨를 짓누르는 듯했다. '놀부'의 저장장치들은 끊임없이 작은 불빛을 깜빡였다. 성환은 대답 없이 그 자리에 서 있었다.

*

    통제구역을 빠져나와 밖으로 나올 때까지 두 사람은 아무 말도 하지 않았다. 찜질방 같은 바깥 공기에 숨이 턱 막혔다. 주차장 쪽으로 발길을 옮기려는 성환에게 상국이 말했다.

    "한 가지 부탁드리죠. 이찬규 박사가 남긴 물건은 저희 연구소의 자산입니다. 경우에 따라서는 그 물건으로 인해 저희 연구소가 치명적인 타격을 받을 수도 있습니다. 부디 그 물건을 그대로 돌려주셨으면 합니다. 앞으로 같이 일할지도 모르는 분께 공권력을 동원할 수는 없잖습니까?"

    "아…… 그거요…….." 조성환은 애매하게 얼버무리다가 갑자기 온몸에 소름이 돋았다. "혹시 저한테도 과거투시를 하신 건가요?"

    "하하, 그럴 리가요. 그건 규정에도 어긋날 뿐더러…… 그렇게 쉽게 아무나 과거를 들여다볼 수 있는 게…… 아닙니다. 어떤 형태로든 민간인 사찰은 불법입니다. 안심하십시오."

    김상국이 멋쩍게 웃으면서 대답했다. 차까지 남은 몇십 미터가 몇십 킬로미터처럼 느껴졌다. 무더위 때문만은 아니었다.

    찬규가 남긴 파일의 내용은 이미 세상에 공개되었다. 그럼에도 이 파일을 손에 넣으려고 다들 애쓰는 이유가 뭘까. 설마 다른 메시지가 숨겨져 있는 건가. 혹시 내가 놓친 게 있나? 국정원도 모르는?

성환은 잔뜩 달궈진 차 문을 열었다.

17

7월 6일 토요일

성환은 집에 도착하자마자 큐대와 케이스를 꺼냈다. 여기저기 돌려보고 두드려도 보았지만 아무것도 없었다.

국정원도, 국가보안국도 찬규가 무엇을 어떻게 남겼는지 정확히 알지 못한다. 알지 못하면서도 무언가가 더 있다고 확신하는 눈치였다.

성환은 늘 가지고 다니는 가방 바닥에 숨겨둔 메모리카드를 꺼냈다. 사본은 여기저기 분산시켜두었지만 원본은 항상 몸에 지니고 다녔다. 랩톱에 메모리카드를 꽂고 파일을 하나씩 다시 살펴보았다. 놓친 게 뭘까, 평범해 보이는 자료에 암호라도 숨어 있는 걸까. 우르드 프로젝트 문서도 다시 꼼꼼하게 읽어보았다. 동영상을 열 번 가까이 보고 음성파일도 여러 번 재생

했지만 아무것도 찾지 못했다. 성환은 지쳐서 소파에 드러누웠다. 바깥에는 이미 어둠이 내렸고, 저녁도 먹지 못해 배가 고팠지만 손가락 하나 까딱하기 싫었다. 며칠 동안의 피로가 밀려들었는지 그대로 까무룩 잠이 들었다.

꿈속에서 성환은 찬규를 만났다. 같이 점심을 먹기로 한 한 식당이었다. 찬규는 성환에게 메모리카드를 내밀었다.

"형에게 줄 게 있어."

"뭔데?"

"열어보면 알아."

성환은 꿈속에서도 이게 꿈이라는 걸 알았다. 알면서도 꿈속의 찬규에게 정말 자살한 게 맞느냐고 묻고 싶었다. 홍경수가 주장한 것처럼 이윤철의 머리를 처리한 게 너냐고, 혹시 너도 이화오엽의 일원이냐고. 이 속에 있는 게 이게 다인 건지, 이런 생각을 하면서도 한편으로는 모순이구나 싶었다. 나는 아직 이 안에 뭐가 있는지도 모르는데. 하고 싶은 말은 많았지만 목소리가 나오지 않았다. 이러다 꿈에서 깰 것 같다고 생각한 순간 말이 나왔다.

"내게 준다는 게 이게 다야?"

그러면서 손바닥을 들여다보니 메모리카드는 온데간데없고 손에는 트럼프 카드 여섯 장이 들려 있었다. 포커 게임이 한창인 모양이었다. 클로버2와 하트4를 제외하고는 모두 스페이드 패였다. 10, 잭, 퀸, 킹. 여기에 스페이드 에이스만 있으면 로열 스트레이트플러시가 완성될 텐데. 맞은편에 앉은 찬규는 빙그레 웃으며 카드 한 장을 들고 있었다.

"이게 히든카드야."

이찬규는 카드를 엎은 채로 성환에게 밀었다. 조성환은 네 손가락으로 카드를 누르고 엄지로 모서리를 살짝 들었다. 분명 검은색이었다. 갑자기 종업원이 음식을 들고 들어왔고, 성환의 손도 그 자리에 멈췄다. 종업원이 냉면을 식탁에 놓으려 하다가 한동안 들고 있었다. 그릇에 구멍이라도 났는지 국물이 후두둑 떨어져 카드를 든 손까지 흘러왔다.

"지금 뭐 하시는 거예요?"

성환이 버럭 소리를 질렀다. 국물 떨어지는 소리가 점점 더 크게 들렸다. 조성환은 재빨리 히든카드를 눈앞에 들었다. 숨겨진 패가 시야에 들어오려는 찰나 잠에서 깼다. 국물 소리만은 멈추지 않았다. 언제부터였는지 거센 빗줄기가 창을 두드리고 있었다.

밤이 깊었다.

분명 스페이드 에이스였는데.

성환은 꿈속으로 돌아가고 싶었다. 그래, 그건 스페이드 에

이스였어. 흐릿했지만 확실해. 내가 로열스트레이트플러시를 잡다니. 그것도 스페이드로. 성환은 벌떡 자리에서 일어났다. 히든카드. 왜 그 생각을 못 했을까.

성환은 자세를 고쳐 앉아 다시 랩톱을 펼쳤다. 디렉토리로 들어가 숨은 파일을 찾기 시작했다. 그의 눈이 반짝였다.

이거였어.

심장이 멎는 기분이었다. 숨겨진 파일은 크기도 얼마 되지 않는 그림파일이었다. 성환은 파일을 열었다.

*

성환은 긴 숨을 내쉬었다. 그림파일은 지도였다. 성환이 아는 곳이었다. 지도에는 간단한 메모도 적혀 있었다. 아마도 찬규는 포토샵에서 지도 이미지를 불러와 텍스트를 얹었을 것이다. 메모는 붉은색이었다. 동그라미와 화살표, 그리고 글씨.

The Head is *HERE*.

빗줄기는 어느덧 폭우로 변해 있었다. 세상이 번쩍하는가 싶더니 몇 초 뒤 굉음이 울렸다. 성환은 순간 오싹해졌다. 지금

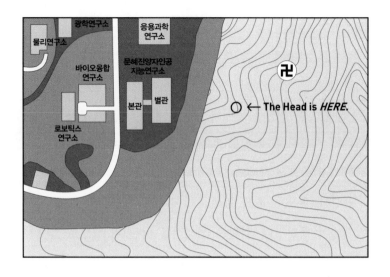

은 전화나 이메일도 위험해. 집에 연결된 인터넷도 믿을 수 없어. 박정훈이 건넨 스마트폰이 눈에 띄었지만 아무리 다급해도 이걸 쓰고 싶지는 않았다. 지금 밖으로 나간다면 감시하는 자들의 눈에 띄겠지. 성환은 잠시 고민했다. 그래, 어떻게든 쥐도 새도 모르게 나가보자. 최대한 멀리, 복잡한 경로로. 미행이 붙으면 따돌리면 된다. 곧바로 종로경찰서로 가든가, 그게 여의치 않으면 PC방에서 새 계정을 파서 이메일을 보낸다든가. 어쨌든 일단 나가서 방법을 찾자. ······사람이 많은 홍대 앞이 좋겠어.

성환은 자리에서 일어나 준비를 시작했다. 반바지 차림에 야구 모자를 깊게 눌러 쓰고 그 위에 후드 티셔츠까지 뒤집어 쓴 뒤 커다란 우산을 들었다. 주머니에는 파일을 복사한 USB 메모리 스틱이 들어 있었다. 마침 재활용 쓰레기를 버리는 날이어서 비닐류 쓰레기가 든 커다란 봉지도 한 손에 들었다.

커다란 우산도 폭우 앞에선 속수무책이었다. 간간이 천둥 번개까지 내리쳤다. 성환은 쓰레기를 버린 뒤 집으로 돌아가다 말고 아파트 뒷문으로 슬쩍 빠져나갔다. 뒷길의 좁은 도로에는 사람도 차도 별로 다니지 않는다. 오늘따라 사방은 칠흑같이 어두웠고 쏟아붓는 굵은 빗방울 때문에 수십 미터 앞도 잘 보이지 않았다. 여기는 택시가 잘 오지 않으니 빨리 큰길로 나가야겠어……. 성환은 걸음을 재촉했다. 빗줄기가 점점 세졌다. 골목길을 따라 걸어가던 조성환의 눈에 검은색 밴이 눈에 띄었다. 인도에 바짝 붙여 주차되어 있어 보행에 방해가 될 법했다. 이 동네와 영 안 어울리는 저 밴은 뭐지. 게다가 저렇게 매너 없이 주차하다니. 성환은 투덜거리면서 밴 옆을 지나갔다. 유리 선팅이 지나치게 짙다는 생각이 드는 찰나 문이 열리면서 건장한 사내들이 성환의 덜미를 잡아 끌었다. 순식간의 일이었다. 밴이 떠난 자리엔 우산만 나뒹굴고 있었다.

18

7월 6일 토요일

뭔가가 찰싹거리며 연신 뺨을 때리는 것 같았다. 아프지는 않았지만 기분이 나빴다. 가늘게 뜬 성환의 시야에 사람의 형상이 들어왔다. 정신이 조금씩 들었지만 아직 어지러웠다. 팔다리는 의자에 단단히 묶여 있었다. 그는 가까스로 기억을 복기했다. 아파트 뒷문, 골목, 검은 밴, 검은 옷을 입은 사내들, 목덜미에 꽂힌 바늘, 몸으로 흘러든 차가운 기운.

주위를 두리번거렸다. 짓다 만 건물 공사장 같았다. 사방은 어두웠다. 비 내리는 소리가 제법 이어졌다. 성환이 묶인 의자 앞 낡은 드럼통 안에서 장작불이 타고 있었다. 그 이글거리는 불꽃을 받은 사내들의 그림자가 춤을 췄다. 성환의 왼쪽으로 두 명, 오른쪽으로 세 명이 서 있었고 드럼통 너머에는 조금

달라 보이는 사내가 앉아 있었다. 여섯 명 모두 얼굴에는 가면을 쓰고 있었다. 영화 〈브이 포 벤데타〉에 나오는 '벤데타 가면'이었다.

"정신이 드나?"

맞은편 의자에 앉은 사내가 물었다. 여기 있는 놈들 중 대장인 듯했다. 성환은 입을 열었지만 자신의 목소리가 영 부자연스럽게 느껴졌다.

"당신들 누구야? 여긴 어디지?"

"그 똑똑한 머리로 생각해봐. 우리가 누군지."

"국정원 똘마니? 아니면…… 이화오엽? 너희가 이화오엽이냐?"

"하하하…… 주워들은 건 많구나. 뭐, 우리가 누구인지는 알 필요 없고, 단도직입적으로 물을게. 이찬규한테 받은 파일 원본, 사본, 다 어디 있지?"

"내가 왜 그걸 말해야 하지?"

"지금 네 목숨이 거기에 달렸거든."

"글세? 날 죽이려고 했으면 진작 죽였겠지. 그렇게 가면을 쓸 이유도 없고. 나를 죽일 수 없는 이유가 있을 텐데?"

"똑똑한 줄 알았더니 영 멍청하네. 저 위에 꼰대들은 너무 자애로워서 너한테 많은 기회를 주려고 하지만, 난 아니거든.

네 능력 따윈 관심 없어. 그리고 이 가면은 일종의 관습 같은 거야."

꼰대. 그 단어는 어제 만난 김상국을 떠올리게 했다. 이들이 국정원 똘마니들이라면 '지 위에 꼰대'는 김상국이 아닐까.

"긴말하지 않겠다. 네가 가지고 있는 이찬규 파일을 사본까지 전부 넘겨. 그러면 목숨만은 살려주지. 내가 이렇게 자비로운 사람이 아닌데, 윗분들 봐서 크게 인심 쓰는 거야. 그 꼰대들이 너한테 돈도 많이 주겠지? 지금보다 좋은 자리도 알아봐준다더만. 난 도대체 이해할 수가 없어. 너 같은 게 그럴 만한 가치가 있는지……."

"나를 죽이면 파일을 손에 넣지 못할 텐데?"

"어차피 상관없어. 우린 그게 세상에 알려지지 않으면 그만이니까. 명심해. 지금 나는 우아한 일 처리를 제안하는 거야. 네가 협조하지 않으면…… 우리가 조금 귀찮아지긴 하겠지. 시신도 처리해야 하고 파일도 찾아야 하고, 혹시나 그게 다른 사람의 손에 들어갔을 경우에도 대비해야 하고. 뭐, 우리가 늘 하는 일이니까 그리 어렵진 않아."

성환은 말문이 막혔다. 어떻게 해야 하지? 여기저기 분산해둔 파일의 위치를 불어야 하나. 한두 개는 빼고 말할까? 그러다 발각되면? 미국과 비핵화 협상을 벌이는 김정은의 마음이 이럴까. 그는 정말 완전한 비핵화를 하려는 건가? 그럼 나도 파일 전부 넘기고 돈도 받고 더 좋은 직장도 구하고…… 그렇게 가는 게 맞는 건가. 그런데 지금 내가 무슨 생각을 하는 거지?

"협조하면 살려준다는 말을 어떻게 믿지?"

"안 믿어도 어쩔 수 없지. 그냥 죽는 것보다 한번 믿어보는 게 낫지 않아?"

"만약 내 신상에 문제가 생기면 파일이 세상에 공개될 거야. 설마하니 내가 그런 보험도 들어놓지 않았을까?"

"우릴 과소평가하나 본데, 조 교수, 당신의 모든 온라인 활동은 이미 다 감시하에 있어. 우리가 모르는 꼼수라도 쓴 거야? 아직 아무 조처도 못했으니 이 늦은 시각에 나가려고 했던 거잖아? 이렇게 USB 들고. 아…… 여기 스마트폰에도 파일이 있겠구나."

대장 벤데타는 메모리 스틱과 스마트폰을 흔들어 보였다. 성환은 절망스러웠다. 대장 벤데타가 가면 뒤에서 웃고 있는 듯했다. 그는 스마트폰을 흔들며 말했다.

"이게 미제라서…… 보안이 너무 좋아요. 비밀번호 없이 뚫기가 힘들거든. 일단 잠금만 해제하면 드롭박스나 구글 드라이브, 아이클라우드도 바로 확인이 될 텐데. 우선 비번부터 말해봐."

대장 벤데타의 손에 들린 스마트폰을 보자 성환의 머릿속에 퍼뜩 떠오르는 것이 있었다. 성환은 비실비실 웃기 시작했다. 소리 없는 웃음이 이내 폭소로 변했다. 어둠 속의 가면들이 약간 동요하는 듯한 몸짓을 보였다. 성환은 웃음을 참지 못해 끅끅거리면서 입을 열었다.

"내가 오늘 국가안보국 박정훈 실장 만난 거, 너네도 알지? 국가안보국에서 이런 상황에 대비하지 않았다고 생각해?"

이번엔 대장 벤데타가 웃었다.

"그래? 어디 들어나 볼까?"

"네놈들은 나를 납치한 직후 스마트폰의 전원을 껐겠지. 혹시나 모를 위치 추적을 피하기 위해서 말이야. 근데 그거 알아? 그 스마트폰은 오늘 박 실장이 나한테 준 거야. 모델명이며 겉모습은 내가 쓰던 것과 같지만 내부는 다르지. 그 폰에는 특수 앱이 깔려 있거든. 최근 안보국에서 개발한 그 앱 덕분에 전원이 꺼진 듯 보여도 미세하게 전원이 남아 있어서 비상모드로 들어가. 그 상태에서 일정 시간이 지나도 전원이 활성화되지 않으면 비상사태로 인식하고 안보국에 신호를 보내지. 여기가 어딘지는 모르겠지만…… 지금쯤이면 정찰 드론이 주변에 떠 있을걸? 건물 내부 상황도 적외선 카메라로 촬영되어 전달되고 있을 거고. 경찰도 이쪽으로 오고 있을 거야. 그 골목 길에 폰을 버리고 왔다면 좋았겠지만 이미 늦었지. 도망칠 거면 빨리 도망쳐. 시간이 얼마 안 남았으니까."

성환의 말에 벤데타들이 다 같이 소리 내어 웃었다.

"특수 앱? 정찰 드론? 아주 소설을 쓰세요. 우리도 안보국 잘 알거든? 걔네 그런 거 없어. 그리고 드론이 떴으면 지금쯤 우리가 알겠지."

"정찰 드론이 너희 눈에 띄면 정찰 드론이 아니지. 너희가 아는 세상이 전부가 아냐. 그리고 이 앱은 고수들이 개발한 거고."

"어이, 조 교수. 아무리 다급해도 그렇지, 그렇게 말도 안 되는 썰을 풀어서 여기서 도망칠 수 있을 거 같아? 우리가 바보냐? 그렇게 살기 싫다면야 우리도 어쩔 수 없지."

대장 벤데타가 의자에서 일어났다. 그가 두어 걸음 걸어왔을 때 바깥에서 또 다른 벤데타가 황급히 뛰어 들어왔다. 처음에 본 여섯 벤데타가 전부가 아닌 모양이었다. 일곱 번째 벤데타가 대장에게 뭐라고 귓속말을 했다. 대장의 몸이 움찔했다.

"뭐야?" 대장의 목소리가 커졌다. "그럴 리가 없는데……."

쑥덕거리는 얘기들이 성환에게까지 희미하게 들렸다. '저놈 말이 사실인가 봅니다' '차량이 꽤 여러 대예요' '저놈은 어떻

게 할까요?' 잠시 후 벤데타들이 빠르게 주변을 정리하기 시
작했다. 드럼통의 불이 꺼지자 사방이 어둠에 잠겼다.

"다음에 걸리면, 넌 내가 반드시 죽인다."

대장 벤데타가 씩씩거리면서 스마트폰을 패대기쳤다. 무척
화가 난 모양이었다. 일곱 명의 벤데타가 순식간에 사라지고,
곧 시동 거는 소리가 들리더니 점차 멀어졌다. 성환은 맥이 풀
렸다. 길게 심호흡을 하고 주위를 둘러보았다. 갑자기 모든 게
무서워져서 살려달라고 소리조차 지르지 못했다. 의자에 묶인
몸이라도 풀어보려 했지만 손과 발도 꼼짝하지 않았다. 멀리
서 희미하게 차 소리가 다가오는 듯싶었다. 성환은 깊게 심호
흡을 하고 소리치기 시작했다.

"여기예요! 여기 사람이 있어요! 구해주세요!"

목소리가 울려퍼졌다. 공간을 채우고 벽에 부딪혀 되돌아오
는 자신의 목소리마저도 공포스러웠다. 그래도 성환은 계속해
서 소리를 질렀다. 얼마나 지났을까. 사람들의 발소리가 쿵쿵
울렸다. 성환은 더 크게 소리를 질렀다. 발소리가 가까워지고
손전등 불빛도 보였다. 누가 성환의 얼굴에 플래시를 비추며
소리쳤다.

"거기 누구 있어요?"

"네! 여기예요 여기! 사람 있어요. 저 좀 풀어주세요!"

곧 학생으로 보이는 젊은 사람 십수 명이 몰려와 성환의 손발을 묶은 줄을 풀어주었다.

"세상에! 언제부터 이렇게 묶여 있었어요?"

"일이 좀…… 그렇게 됐습니다. 정말 고맙습니다."

성환은 손목을 문지르며 주변을 둘러보았다.

"그런데 선생님들은 누구신가요?"

"저희는 공포체험 카페 회원이에요. 아저씨는 누구세요? 혹시 흉가 체험하러 오신 거예요?"

"여기가 어딘데요?"

"모르세요? 여기 곤지암이잖아요. 그 유명한."

곤지암 세 글자에 성환은 소름이 돋았다. 다른 회원이 물었다.

"저희가 도착하기 전에 큰 차가 한 대 지나가던데…… 혹시 아저씨 일행 아니에요? 왜 이런 곳에 사람을 묶어놓고 그냥 갔죠?"

"아무튼 늦기 전에 와주셔서 고맙습니다. 정말 고맙습니다."

성환은 이 모든 상황이 지독한 꿈처럼 느껴졌다. 바닥에 내동댕이쳐진 스마트폰은 액정이 박살 나 있었다. 밧줄을 풀어준 사람이 소리쳤다.

"폰 액정이 깨졌네요! 어떡해……."

전원을 켜자 깨진 액정에 알림 메시지 몇 건이 떴다. 성환은 자신의 스마트폰을 잠금해제하려다 말고 옆에 선 사람에게 도움을 청했다.

"죄송하지만 폰 좀 빌릴 수 있을까요? 급히 전화도 하고 파일도 보내야 하는데 지금 제 폰이 이 모양이라……."

19

7월 7일 일요일

어느덧 새벽 2시가 넘어가고 있었다. 지난 몇 시간이 성환에게는 흡사 몇 년처럼 느껴졌다. 성환은 공포체험 카페 회원들의 도움으로 어렵사리 태형과 통화했다. 태형은 곧바로 근처 경찰서와 119 안전신고센터에 연락해주었고, 신고를 받은 경찰과 119 구급대원들이 출동해 10분 거리의 병원 응급실로 성환을 이송했다. 그곳에서 성환이 응급처치를 받고 경찰에 진술하는 사이 빗길을 뚫고 달려온 태형이 도착했다. 영란도 함께였다.

담요를 덮고 오한에 떨고 있던 성환은 태형과 영란이 도착하자 병상에서 일어나 바로 앉았다.

"괜찮으십니까? 다친 덴 없고요?"

현지 경찰과 통화하며 대략적인 전말을 전해 들었기에 태형은 꼬치꼬치 캐묻지 않았다. 오히려 두 사람의 얼굴을 보고 반가우면서도 새삼 서러워진 성환이 묻지도 않은 자초지종을 털어놓기 시작했다.

"교수님을 납치한 자들이 국정원 쪽 사람들이라고 확신할 수 있나요?"

한참 듣고 있던 태형이 물었다.

"확실한 증거는 없어요. 다만, 얘기를 나누는 과정에서 그런 인상을 받았고, 놈들도 굳이 숨기려 하지 않았어요."

"박 실장이라는 사람은 믿을 수 있나요?"

"믿는다기보다…… 홍경수 교수와 국정원 쪽에 맞서서 이 사건의 진상을 밝히는 데에 도움은 될 것 같습니다. 공동의 적을 둔 상황이니까."

잠자코 있던 영란이 불쑥 끼어들었다.

"그 숨겨진 파일부터 좀 볼 수 있을까요? 얘기를 들어보니 국정원이든 국가안보국이든 그 파일에 몸이 달은 모양인데."

"그럼요. 안 그래도 이걸 여러분에게 보내려고 했던 거니까."

성환은 허리벨트 안쪽에 테이프로 붙여둔 조그만 메모리카드를 떼어냈다.

"항상 플랜B가 필요한 법이죠."

그러고는 영란이 가져온 랩톱 컴퓨터에 메모리카드를 꽂고 파일을 열었다. 태형과 영란이 모니터로 몸을 기울였다. 영란이 낮은 목소리로 말했다.

"이건……."

지도 위에 쓰인 'The Head is *HERE*'가 선명하게 들어왔다. 지도 속의 장소는 세 사람 모두 아는 곳이었다.

"여기는 문혜진양자인공지능연구소잖아요!"

"맞습니다. 화살표가 가리키는 곳은 인공지능연구소 별관 뒤쪽이고요. 대명산 능선을 따라 약 100에서 200미터 올라간 곳 같아요."

"여기에 이윤철의 머리가 묻혀 있는 걸까요?"

"적어도 이 그림에 따르면, 그렇겠죠."

"그렇다면…… 머리를 묻은 사람은 이찬규 박사일까요? 혹은 다른 사람이 묻은 장소를 알아내 이렇게 표시해둔 걸까요?"

태형이 성환을 한번 흘끗하고 대신 대답했다.

"이것만으로는 알 수 없죠. 다만, 본인이 직접 머리를 유기했다면 그걸 이렇게 외부로 전달할 이유가 없지 않을까요? 오히려 후자일 가능성이 더 높아 보입니다."

"속히 저 머리부터 확보해야겠군요. 사건 해결의 중요한 열쇠 같은데."

"내일, 아니, 이제 오늘이군요. 제가 서울 올라가는 대로 수색대를 꾸려서 현장에 나가보겠습니다."

성환이 태형을 보고 말했다.

"지도상으로는 별관 근처처럼 보이지만 경사가 가파른 데다 등산로에서도 떨어진 숲속이라 수색이 쉽지 않을 겁니다. 그것도 이런 빗속에."

"그 걱정은 마시고, 교수님은 몸조리 잘하세요. 그리고, 아무리 생각해봐도 교수님 신변 보호가 필요해 보이고 자택에 도감청 장치가 있는지도 살펴봐야 해서 제가 지시해두고 내려왔습니다. 회복 후 서울 올라가시면 좀 불편하시더라도 제 뜻에 따라주세요."

태형과 영란은 성환을 응급실에 남겨두고 서울로 떠났다.

*

성환이 집에 돌아간 것은 정오가 다 되어서였다. 폭우는 여전했다. 태형의 말대로 아파트 입구에 형사들과 경찰들이 대기하고 있었다. 성환은 자신의 신변보다 한창 대명산 중턱을 뒤지고 있을 태형 일행이 걱정되었다. 오전에 태형이 보내온 사진 속 대명산 수색 현장은 생각보다 훨씬 험난해 보였다.

다행히 집 안에 도청장치는 없었다. 그럼에도 인터넷이나 전화를 마냥 안심하고 쓸 수는 없었다. 성환은 전날 받은 스마트폰으로 박 실장에게 전화해 지금까지의 상황을 설명했다. 박 실장도 납치 사건에 대해 알고 있었다. 그는 국정원 짓이라고 확신하고 있었다. 통화를 마친 성환은 침대 위에 쓰러져 기절하듯 잠들었다. 지난 2주 동안의 고단함이 한꺼번에 몰려왔다. 찬규도, 머리도, 태형도, 영란도, 자신을 납치한 벤데타들도 덮쳐오는 피로와 쏟아지는 졸음 속에 모두 사라졌다. 꿈조차 꾸지 않았다. 아니, 수많은 꿈을 꾸었으나 아무것도 기억나지 않았다.

얼마나 지났을까? 초인종과 전화가 동시에 울리고 있었다. 둘 다 한참을 울려댄 모양이었다. 사방은 이미 어두워졌다. 초인종을 누르며 전화를 건 사람은 태형과 영란이었다. 둘의 손에 치킨이며 피자, 캔맥주가 들려 있었다. 진한 치킨 냄새에 성환은 갑작스레 엄청난 허기를 느꼈다.

"머리를 찾은 축하 파티인가요?"

성환은 치킨에서 눈을 떼지 못했다. 태형이 겸연쩍게 웃으며 대답했다.

"실패입니다. 못 찾았어요."

"그래요? 우중 수색이라 쉽지 않았겠어요. 혹시 유실된 건 아닐까요?"

"그래서 저희도 지도에 표시된 곳 주변까지 꽤 넓은 반경을 뒤졌습니다. 하지만 못 찾았어요. 동원한 경찰 인력만 백 명이 넘습니다."

영란이 소파에 앉으며 말했다.

"제가 생각하기엔 네 가지 가능성이 있어요. 첫째, 아직 거기에 있는데 못 찾았다. 사실 그 넓은 곳에서 해골 하나 찾는 건 백사장에서 바늘 찾는 거랑 비슷하지 않겠어요? 둘째, 폭우에 어디론가 유실되었다. 이 두 경우에는 더 많은 인원을 투입해 더 넓은 지역을 수색해야겠죠. 셋째, 어제 조성환 교수님에게서 빼앗아간 USB를 열어본 국정원이 우리보다 먼저 행동을 취했다."

"넷째는 뭔가요?"

태형이 물었다.

"당연히, 지도가 잘못되었을 가능성이죠."

"이찬규 박사가 남긴 자료는 대체로 믿을 만하지 않았나요? 특히나 이 그림파일은 일부러 숨은 파일로 지정하기까지 했고."

"이찬규 박사는 진짜였겠죠. 다만 잘못된 정보를 얻었을지 몰라요. 만약 그게 사실이라면 이찬규 박사의 사체 유기설은 기각되겠군요."

"지금 저희 경찰이 할 수 있는 일은 더 많은 사람을 투입해서 더 넓은 지역을 수색하는 것뿐이겠네요."

성환은 치킨을 먹다 말고 랩톱 컴퓨터를 켜서 찬규가 남긴 파일을 열었다.

"이러다 대명산 전체를 뒤지게 될지도 모르겠군요."

"국민적인 관심, 아니 세계적인 관심이 집중되고 있는 사안이니 필요하다면 그렇게라도 해야죠. 그게 경찰이 할 일 아니겠습니까?"

"처음부터 궁금했던 건데요. 이찬규 박사는 HERE라는 단어만 대문자에 이탤릭체로 썼잖아요. 왜 그랬을까요?"

영란의 질문에 태형이 심드렁하게 대답했다.

"그야…… '머리가 바로 여기 있다!' 하고 강조하려던 거겠죠."

성환도 고개를 끄덕이며 모니터를 뚫어져라 응시했다.

"그랬겠죠. 강조하려는 의도가 전부인 것 같은데……."

별안간 성환의 눈이 가늘어졌다. "잠깐만요. 어…… 어쩌면 또 다른 가능성이 있을지도 모르겠네요. 이 생각을 못 했다니!"

"또 다른 가능성요?"

"그게 뭔가요?"

영란과 태형이 거의 동시에 외쳤다.

"지도상에는 산 위에 HERE가 있는 것처럼 보이잖아요."

"그래서 대명산 능선을 수색한 거잖아요."

영란이 약간 실망한 투로 말했다.

"굳이 이렇게 HERE만 눕혀서 쓴 건 표면을 강조하기 위한 것 같아요."

"이 지도가 3차원 지도라는 말인요?"

"그렇다기보다, 역으로 생각하면 말이죠. 평소 찬규가 좋아하던 '홀로그래피 이론'에서는 공간의 정보가 공간을 둘러싼 표면의 정보로 치환되거든요. 그러니까 여기서 표면은……."

"홀로그래피요? 그게 뭔지 모르겠습니다만 교수님, 우리 경찰도 땅속 깊이 꼬챙이를 꽂으며 수색했어요. 표면만 훑은 게 아니고요. 머리를 묻었다면 꽤 깊게 묻었을 테죠."

"훨씬 더 깊이 내려간, 더 깊은 곳."

"땅굴이라도 있단 말인가요?"

성환은 한동안 멍하니 허공을 바라보며 알지 못할 말들을 중얼거렸다. 영란과 태형은 그런 성환을 빤히 바라볼 뿐이었다. 침묵을 깨고 영란이 무슨 말을 하려는 찰나 성환이 외쳤다.

"유레카! 바로 거기예요!"

20

7월 8일 월요일

비는 월요일 아침에도 계속되었다. 폭염의 기세는 완전히 꺾였다.

여긴 이런 식으로 다시 오게 될 줄이야.

성환은 떨떠름한 표정으로 주위를 둘러보았다.

대명대학교 인공지능연구소 로비에는 전에 없던 긴장감이 감돌았다. 압수수색을 하려는 경찰과 이를 막으려는 국정원 직원들이 팽팽히 맞섰다.

찬규가 지도에 남긴 'HERE' 표시에서 곧바로 수직으로 내려가면 닿는 곳. 성환도 아직 가보지 못한 곳, 저 멀리 대명산 깊은 곳까지 땅속으로 뻗어 있으리라 예상되는 별관의 부대 공간, 아마도 제한구역일 비밀의 장소. 그곳으로 가려면 여기

본관 로비부터 뚫어야 한다.

성환과 영란은 압수수색을 돕기 위해 태형과 동행했다. 만일의 사태에 대비해 경찰특공대까지 대기 중이었다.

성환은 이틀 전 이곳에서 김상국을 만난 일을 떠올렸다. 저기 별관 아래 태황후가 있다고 했지. 그렇다면 엄청난 규모의 데이터센터가 산 속까지 깊게 뻗어 있을 것이다, 성환은 확신했다. 찬규가 표시한 곳은 바로 그곳일 수밖에 없지 않은가.

김상국이 성환을 노려보았다.

"조 교수님, 제가 그렇게 말씀드렸건만, 조국의 명운을 저버리시는 겁니까?"

성환 옆에 서 있던 박정훈 실장이 그 말을 듣고 후후 웃었다. 이번에 압수수색 영장이 순조롭게 발부된 것은 뒤에 박 실장과 국가안보국이 있었기 때문이라고 오는 길에 영란이 말해주었다. 그때 태형이 달려와 소리쳤다.

"압수수색에 협조해주시기 바랍니다! 죽은 이윤철의 시신 일부가 이곳에 있다는 증거가 있습니다!"

"시신을 왜 여기서 찾아? 여긴 국가안보시설이야! 어디 짭새들이 감히……."

김상국 뒤에서 누군가가 소리를 지르며 저항했다. 태형이 압수수색 영장을 높이 들어 보이며 말했다.

"공무집행을 방해할 셈입니까?"

"증거가 뭔지는 모르겠지만, 여긴 범죄의 현장이 아니라 엄연한 연구 시설입니다. 시신 같은 게 있을 리 없잖아요. 압수수색 중 연구 내용이 유출되거나 장비가 손상되면 어쩔 겁니까? 제발 돌아가주세요."

태형이 작심한 듯 소리쳤다.

"밀어!"

빗속에서 대기 중이던 경찰특공대가 순식간에 연구실 로비로 쏟아져 들어왔다. 로비는 아수라장으로 변했고, 성환과 영란은 방해가 되지 않도록 옆으로 비켜섰다. 길은 금세 뚫렸다. 수사팀은 김상국과 부하들을 뒤쫓아 별관으로 달려갔다. 여러 겹의 보안검색으로 막힌 미로 같은 곳이었지만, 성환이 옆에서 달리며 길을 안내했다. 통제구역 앞에는 건장한 사내들이 문을 막고 버텼지만, 격렬한 몸싸움 끝에 무너졌다. 성환이 먼저 안으로 들어가 '놀부'가 있는 상황실 구조를 설명했다. 특공대가 엘리베이터로 내려가 통로를 확보하고, 이후 본진이 들어가기로 했다. 조성환과 윤태형이 '놀부' 상황실에 들어섰을 때 '놀부'는 데이터를 삭제하고 있었다. 조성환이 다급하게 소리쳤다.

"저기 반대편 문으로 들어가면 데이터센터가 있어요! 거기부터 확보해요! 그 아래층이 본진인 '태황후'예요. 이윤철의 머리는 '태황후' 쪽에 있을 겁니다!"

성환의 말이 끝나기가 무섭게 수사관들이 우르르 몰려갔다. 성환도 태형과 함께 데이터센터로 들어갔다.

"아래층으로 가는 통로는 분명 이곳에 있을 거예요."

과연, 데이터센터 안쪽에 엘리베이터가 있었다. 특공대가 먼저 내려가 안전을 확인한 후 조성환과 윤태형과 박정훈, 하영란이 내려갔다.

내가 프로젝트를 함께해야만 들어갈 수가 있다는 곳이 여기구나. 이 엘리베이터 문이 열리면 과연 무엇이 있을까.

*

성환은 입을 다물지 못했다. 놀부의 데이터센터와는 비교도 되지 않을 정도로 넓은 데이터센터가 눈앞에 펼쳐졌다. 예상대로 별관 지하에서 대명산 지하를 향해 깊이 뻗어 있을 뿐만 아니라 반대편 본관 지하를 지나 대학 캠퍼스 방향으로도 상당히 넓게 자리 잡고 있었다. 대명산 방향으로는 끝이 보이지 않을 정도였다.

이게 다 '태황후'의 데이터센터란 말인가.

성환의 추론은 옳았다. 찬규가 남긴 HERE는 분명 이곳, '태황후'의 데이터센터인 것이다.

"전방에 통로가 하나 있고, 총기로 무장한 경비원 일곱 명이 지키고 있습니다."

앞서간 특공대원 한 명이 돌아와 태형에게 보고했다. 태형과 수사관들, 박정훈도 권총을 꺼내어 들었다. 성환이 대열 중간으로 빠지면서 말했다.

"태황후의 CPU는 분명 그곳에 있을 겁니다. 세계 최고 수준의 양자컴퓨터겠지요."

통로를 지나온 수사팀을 가로막은 것은 과연 김상국 일당이었다. 태형이 먼저 큰 소리로 경고했다.

"총 버려요! 어차피 우릴 막진 못합니다!"

"그럼 우릴 다 죽이고 가시오."

"이렇게까지 하시는 이유가 뭡니까?"

"말했잖소. 이 시설에 조국의 명운이 걸려 있다고. 우리가 하는 일은 조국을 지키는 일이고……그래서 그 어떤 경우에도 우린 물러날 수 없습니다."

잠자코 있던 박정훈도 나섰다.

"김 국장, 당신의 어긋난 애국심이 지금까지 이 나라를 망쳐왔단 거 알잖아? 법까지 무시하면서 대체 무슨 애국을 한단 말인가?"

"그러는 너희는 우리와 얼마나 다른데? 우리 대신 여기를 차지하려고 이렇게 쳐들어온 거 아냐?"

김상국은 박정훈을 노려보며 총을 쥔 손에 힘을 주었다. 박정훈도 김상국을 향해 총을 겨누었다. 둘 사이의 거리는 고작 10여 미터. 경찰특공대까지 들이닥친 터라 대세는 이미 기울었다. 김상국도 수적 열세를 직감했으나 서로 총을 겨눈 박정훈과의 긴장감은 더욱 팽팽해졌다. 김상국은 자신과 부하들을 향한 수많은 총구를 흘낏 둘러보고는 박정훈에게 나지막이 말했다.

"늘 기다려온 순간이야. 성소를 지키는 문지기로서 이보다 영광스런 일은 없을 테니."

김상국이 돌연 자신의 관자놀이에 총구를 댔다. 뒤이어 터진 고함 소리는 귀를 먹먹하게 하는 총성에 묻혀버렸다. 수사팀은 놀라 우왕좌왕하는 김상국의 부하들을 재빨리 제압했다. 잠시 후, 열릴 것 같지 않던 문이 마침내 열렸다.

*

멍한 표정의 연구원들이 그들을 맞았다. 평소 같으면 분주히 일하고 있을 시간이지만 어수선한 분위기 탓인지 연구원들은 어정쩡하게 선 채 성환과 수사팀을 바라보기만 했다. 그들 뒤로 연구실 정중앙을 차지하고 있는 커다란 원기둥 모양 컴퓨터가 보였다. 연구실 속에 또 다른 연구실이 있는 것처럼 보일 정도로 컸다. 전선들이 마구잡이로 연결되어 있어 복잡한 기기라는 인상을 준 공개연구실의 양자컴퓨터에 비해 훨씬 거대하면서도 외관만은 말끔했다. 흡사 애플에서 만든 원기둥 모양 컴퓨터를 확대해놓은 듯했다.

"이것이…… 큐비트를 수만 개, 아니 어쩌면 수천만 개 넘게 보유한, 세계 최고 수준의 양자컴퓨터란 말이지."

성환은 거대한 원기둥을 올려다보며 넋을 잃었다. 태형은 그런 성환을 힐끗한 후 연구원들 쪽으로 다가가 영장을 제시했다.

"압수수색 영장입니다! 협조를 부탁드립니다!"

수사관들이 널찍한 연구실을 부지런히 훑었다. 그러나 '압수'할 만한 무엇도 보이지 않았다. 벽면 디스플레이만 수두룩했고, 책상 위에도 그 흔한 랩톱이나 데스크톱 컴퓨터 대신 터치스크린과 가상키보드 정도만 있을 뿐이었다.

조성환은 여전히 넋을 놓은 채 찬찬히 원기둥 컴퓨터를 돌아보았다. 이렇게 엄청난 규모라면 같이 일하자는 김상국의 제안을 받아들일걸 그랬나. 그때였다. 어떤 목소리가 연구실 전체에 울려 퍼졌다.

"허가받은 사람이 아닙니다."

성환은 깜짝 놀라 한발 물러섰다. 원기둥이 희미한 빛을 내고 있었다. 언뜻 아무것도 없는 것처럼 보이던 표면이지만 안에서 뿜어져나오는 빛 덕택에 문의 윤곽이 희미하게 드러났다. 성환은 바로 그 문 앞에 서 있었다. 그가 다시 다가가자 똑같은 목소리가 흘러나왔다. 태황후의 목소리였다. 수사팀이 성환의 주변으로 몰려들었다. 태형이 말했다.

"이 안에 뭔가가 있겠군."

박정훈이 주위를 돌아보며 덧붙였다.

"여기 있는 사람들 중 누군가는 허가받은 사람일 것이고요."

연구원들이 움찔했다. 그때, 나이가 제법 들어 보이는 선임 연구원이 나섰다.

"태황후는 여러분이 생각하는 것보다 훨씬 똑똑한 인공지능입니다. 협박이나 강요에 의한 인증은 허용되지 않죠."

수사관들이 못 믿겠다는 듯 연구원을 문 앞에 세웠다. '태황후'가 말했다.

"정상적인 인증 절차가 아닙니다."

선임연구원은 미소를 지었다. "이곳의 시스템 전체를 파괴

하지 않는 이상 이 문은 열리지 않습니다."

"공무집행 중입니다. 이렇게 비협조적으로 나오시면 곤란합니다."

"저희는 소장님의 지시에만 따릅니다."

이때 또 다른 연구원이 앞으로 나왔다. 낯익은 얼굴이었다.

"공무집행이라잖아요."

강세연이었다.

"제가 인증하겠습니다. 죽은 이 박사도 아마 이걸 원할 겁니다."

잠시 후 '태황후'의 목소리가 들렸다.

"인증되었습니다."

세연은 성환과 수사팀을 이끌고 원기둥 안으로 들어갔다.

조그만 엘리베이터가 일행을 맞았다.

양자컴퓨터 본체 안에 엘리베이터라니.

성환은 속으로 중얼거렸다. 엘리베이터는 천천히 아래로 내려갔다. 문이 열리자 강세연이 앞장을 섰다. 조그만 로비를 지나자 또 다른 문이 있었다. 찬규가 지목한 지점이 이곳인 듯했다. 강세연이 문을 열고 그들을 안내했다.

"이럴…… 수가……."

"저게 대체 뭐야?"

탄식 섞인 비명들이 터졌다. 성환도 그 자리에 얼어붙었다. 비밀의 방에는 양쪽 벽을 따라 수십 개의 유리관이 신전의 기둥처럼 늘어서 있었다. 유리관 속에는 액체가 들어 있고, 액체 속에는 사람의 머리가 들어 있었다. 목은 유리관 바닥에 설치된, 받침대 같은 금속체에 연결돼 있고, 머리들은 하나같이 이마에서 절개되어 뇌 일부가 드러나 있었다. 액체는 절개된 두 개골 높이까지 차 있었다. 노출된 뇌에는 전자칩처럼 생긴 것이 무수히 꽂혀 있고, 거기에서 나온 가느다란 선들이 다발로 묶여 유리관 뚜껑으로 연결되는 듯했다.

"저기! 이윤철입니다!"

수사관 한 명이 앞쪽에 진열된 유리관을 가리키며 소리쳤다. 성환은 유리관을 더 마주하지 못하고 고개를 돌렸다.

"언젠가 이런 날이 올 줄 알았지만, 이렇게 빠를 줄은 몰랐네. 설마했는데, 역시 강 박사였네요."

문혜진 소장이었다. 세연은 엷은 미소를 띨 뿐 말이 없었다. 태형이 물었다.

"이게 다 뭡니까?"

"태황후의 충실한 종들이지요. 황후마마의 명령을 수행하는……."

"태황후는 양자컴퓨터 기반이잖아요." 이번에는 성환이 물었다.

"물론 그렇지. 하지만 아직은 부족해. 과거를 투시하려면 엄청난 양의 정보를 처리하고 판단해야 하는데, 그러려면 학습에 사용할 천문학적인 분량의 데이터가 필요하고, 또한 큐비트의 연산을 도울 보조장치가 있어야 해. 비유적으로 말해서, 그래픽을 처리하던 GPU를 이용해 가속컴퓨팅을 하던 방식과 비슷해. 인간의 뇌가 큐비트를 돕는 셈이야."

성환은 뒤통수가 얼얼해지는 느낌이었다. 예전에 읽은 논문이 떠올랐다. 바이러스를 이용해 컴퓨터의 속도를 빠르게 할 수 있다는 내용이었다. 물론 초보적인 수준이기는 했으나 언론에 크게 보도되며 화제가 되었다. 컴퓨터 안에서 데이터가 램(RAM)과 하드 드라이브(또는 다른 영구저장장치)를 오갈 때 미세하게 시간이 지연된다. 이를 해결하기 위해 새로운 통합 메모리 시스템을 만들 수 있지만, 이 경우 시스템이 작동할 때 높은 열이 발생해 주변의 부품을 손상시킬 수 있다. 여기서 해결사로 등장한 것이 바이러스였다. 'M13 박테리오파지'라는 바이러스를 이용해 새로운 메모리 시스템을 구축하면 작업온도를 낮게 유지할 수 있고, 결과적으로 컴퓨터의 속도를 엄청나게 향상시킬 수 있다.

하지만 이건 메모리 수준이 아니지 않은가. 컴퓨터의 두뇌를 인간의 두뇌가 돕다니. 뇌의 생물학적 구조와 그 역할은 아직도 상당 부분 미스터리이다. 이들 역시 엄청난 시행착오 끝에 여기까지 왔을 것이다. 지금껏 얼마나 많은 사람 또는 동물의 뇌가 사용된 것일까.

"빅데이터가 뇌하고 무슨 상관이죠?"

"우리는 뇌의 시각피질에 저장된 일생의 시각정보를 추출해내는 데에 성공했어. 운이 좋았지. 한 인간이 평생에 걸쳐 봐온 그 무수한 장면들, 본인은 기억조차 못 하는 무궁무진한 시각정보를 태황후의 학습자료로 사용하고 있어. 그야말로 혁신이 일어난 거야."

성환은 할 말을 잃었다. 단어들이 목구멍에 걸린 채 뒤엉켜 있었다.

"놀라운 게 뭔지 아나? 여태 우리가 알 수 없었던 인간 뇌의 작동방식을 태황후가 스스로 학습하면서 성능이 나날이 향상되고 있다는 점이지. 전두엽에서 정확히 무슨 일이 벌어지는지 우린 모르지만 태황후는 알고 있을 거야. 마치…… 알파고가 어떻게 인간을 이겼는지 아무도 모르지만 어쨌든 인간을 이긴 것처럼. 딥러닝이 왜 그리 성공적인지는 몰라도 그 결과가 너무나 성공적인 게 명확한 것처럼. 장담하건대 태황후는 우리 인간보다 인간의 뇌에 대해서 훨씬 더 많이 알고 있어."

성환은 여전히 놀란 표정으로 문혜진에게 물었다.

"대체 이 머리들은…… 다 뭡니까? 누굽니까? 어디서 구한 거죠?"

"조성환 교수, 똑똑한 줄 알았더니 아니네. 박정훈 실장님이 이화오엽 얘기는 해줬을 텐데……. 뻔하잖아? 이놈들이 바로 명성황후 암살을 도운 역적들의 후손이야. 생각해봐. 황후 마마를 암살한 놈들의 자손이 이렇게 열심히 일해준 덕분에 황후마마의 모습을 복원해냈어. 이 얼마나 아이러니하면서도 다행한 일인가? 고종황제와 명성황후께서도 기뻐하실 거야."

"여기 있는 이 머리들이 전부…… 살인사건의 희생자란 말입니까? 이화오엽이 저지른?"

"이윤철이 마지막이었어. 그래서 우리도 나름의 퍼포먼스를 한 거고. 이제야 황제폐하의 명을 완수한 셈이니…… 참 오래 걸렸네."

"후손들이 무슨 죄가 있습니까? 이건 명백한 살인이고 범법행위입니다."

"우린 대를 이어 고종황제의 밀명을 수행했을 뿐이야. 사법처리를 받아야 한다면 기꺼이 즐거운 마음으로 감옥에 갈 테니 어디 마음대로 해봐요. 그런데 만일 이 머리들을 압수한다면 세계 최고 수준의 인공지능은 제 역할을 못 하게 되겠지.

과거투시 능력도 제한될 테고. 그 점만은 알아둬."

안쪽으로 들어가자 빈 유리관이 여러 개 보였다. 태형이 외쳤다.

"목을 딸 사람이 몇 명 남아 있나 보죠?"

문혜진이 대답했다.

"거기 붙은 이름표부터 확인해보시죠."

성환이 달려와 이름표를 읽어나갔다.

"홍경수, 문혜진, 김상국, 이찬규…… 이게 다 뭡니까?"

"보신 그대로. 우리의 뇌가 들어갈 자리지."

"뇌라니, 그게 무슨 소리입니까?"

"이 생물학적 계산기가 성능은 좋은데 수명이 길지 않더라고. 빠르면 몇 달, 길어도 평균 30개월. 그때부터 서서히 조직이 괴사하기 시작해. 정확한 이유는 우리도 몰라. 다만 그로 인해 태황후의 성능이 떨어지게 되지. 우리 조직원들이 사망 뒤에 자신의 뇌를 기꺼이 이곳에 기증하기로 한 이유야. 장차 기술이 좋아지면 수명을 연장시킬 수도 있겠지만. 우리로서는 죽어서도 태황후마마를 모실 수 있으니 그 얼마나 영광인가."

"당신…… 연구를 하라고 했더니 괴물을 만들었어. 그 잘난 태황후는 결국 사람의 뇌를 계속 먹어야 하는 괴물이었던 거 아닌가요? 고종의 밀서니, 이화오엽이니, 그거 다 거짓말 아냐?"

문혜진은 눈에 힘을 주고 성환을 노려보았다.

"말 조심해, 조 교수. 목숨 바쳐, 아니 죽어서도 선대의 위업을 완수하려는 우리의 노력을 모독하지 마. 이찬규 박사는 참 안타깝게 됐어. 머리를 수습할 여유가 없었거든. 태황후마마께 큰 도움이 됐을 텐데 말야. 김 국장도 그래. 여기서 모니터로 보니 총으로 관자놀이를 쏘더군. 혹시 자살하려거든 머리는 온전하게 지켜달라고 평소 그렇게 말했건만."

성환은 말문이 막혔다.

태형은 수사관들에게 유리관들을 압수하라고 명령하고 수갑을 꺼내 문혜진에게 다가갔다. 그때였다. 검은 수트를 입은 사내들이 우르르 밀고 들어오더니 머리가 담긴 유리관 앞을 막아섰다.

"당신들은 뭡니까?"

"이거 미처 제가 말씀을 드리지 못했군요. 저희 쪽 사람입니다."

박정훈이 멋쩍게 웃으며 대답했다. 태형이 박정훈을 돌아보며 물었다.

"국가안보국이란 말입니까?"

"그렇습니다. 지금쯤 서장님과는 얘기가 끝났을 겁니다. 확인해보시죠."

"얘기가 끝났다뇨?"

"지금부터 이 연구소는 국가안보국이 접수합니다. 살인사건 혐의를 포함한 모든 문제도 저희가 처리합니다. 경찰 관계자 여러분께서는 아무 걱정 마시고 돌아가주십시오."

"이게 무슨 개소리야? 우리가 다 뚫고 들어왔는데?"

"자, 흥분하지 마시고……. 이 시설은 국가안보시설입니다. 함부로 경찰에게 맡기거나 언론에 공개할 수 없다는 게 정부의 입장입니다. 경찰에서도 동의했습니다. 참, 비밀누설금지 서약서가 마련되어 있습니다. 나가시기 전에 반드시 전원 서명해주시기 바랍니다. 아무튼 여기까지 수고하셨습니다."

박정훈의 말이 떨어지지가 무섭게 수트 입은 사내들이 성환 일행을 밖으로 몰아냈다. 경찰특공대 역시 로비 밖으로 밀려나 대기 중이었다. 국정원 직원들이 서 있던 연구소 로비는 국가안보국 직원들이 차지했다. 어디론가 전화를 걸던 태형은 스마트폰을 집어던졌다.

21

7월 9일 화요일

성환은 하루를 꼬박 앓아누웠다. 열이 심하게 났다가 오한
이 들기를 반복했다. 비는 멈추지 않았다. 일기예보에서는 본
격적인 장마가 시작되었다고 보도했다. 집에서 쉬고 있던 성
환을 불러낸 것은 박 실장이었다. 연구실로 향하는 길. 보름
전, 세종로에 목 없는 시체가 걸린 그날처럼 비가 억수로 쏟아
졌다.

성환은 따뜻한 커피를 마시며 박정훈을 맞이했다. 그의 표
정이 몹시 밝아 보였다. 성환이 먼저 물었다.

"연구소 접수는 잘하셨습니까?"

"덕분에요. 교수님도 궁금한 게 많으시겠죠?"

"그 머리들은 어쩌실 건가요?"

"그대로 뒤야죠. 그게 없으면 태황후가 제 기능을 발휘하지 못하니까요."

"그건 범죄의 증거 아닌가요? 그럼 문혜진 소장님은 어떻게 되나요?"

"이윤철 사건을 제외한 다른 사건의 경우 더 캐지 않는다면 머리만으로 범죄가 성립하진 않겠죠. 그리고 문 소장은, 소장 직을 유지하지는 못할 겁니다."

"그렇다면 국가안보국이 국정원과 다를 게 뭔가요? 당신들이…… 이화오엽과 다른 점이 뭐냔 말입니다."

"우리는 이화오엽이 아니라는 게 중요하죠. 사적인 복수를 위해서 범죄행위를 저지르지는 않아요. 저 훌륭한 장비가 국가 안보를 위해서 할 수 있는 일이 많습니다."

"국가안보를 위해 과거의 범죄행위는 눈감겠다?"

"저희로선 현실적인 판단을 할 수밖에요. 태황후가 국가 안보에 얼마나 중요한지 잘 아시잖습니까? 대한민국의 역사는 태황후 이전과 이후로 구분될 겁니다. 물론 앞으로는 오로지 적법한 절차에 의해서 태황후를 운영할 거고요."

"이런 가능성도 있지 않나요? 이화오엽이니, 고종의 밀서니, 다 거짓말이고 문 소장 부부가 자기들 연구 욕심에 온갖 엽기적인 범죄를 일삼은 후 그럴듯하게 포장했다든가?"

"하하. 아무려면 어떻습니까? 중요한 건 태황후가 작동하고 있다는 사실이죠."

"이찬규 박사가 정말 살인이나 유기에 가담했습니까? 그 친구, 자살한 게 맞습니까?"

"조사 중입니다만…… 타살을 의심할 만한 정황은 아직 없습니다."

"차 안에 번개탄 피워놓고 어설프게 자살하는 게 국정원 관련자들이 '자살당하는' 전형적인 패턴 아닌가요?"

"의심스런 부분이 없지 않습니다만, 타살의 물증이 있는 것도 아니니까요. 물론……."

"물론?"

"김상국이 홍경수 교수의 최측근인 이찬규 박사에게 연구소 감시를 맡겼고, 어떤 일로 홍경수에게 배신감을 느낀 이찬규가 욱하는 마음에 모든 걸 폭로하려 하자 국정원이 손을 썼다. 이런 음모론도 생각해볼 수 있겠죠. 홍 교수가 워낙 배신에 능한 데다 최근에는 추천서를 두고 이 박사와 트러블이 있었다고 하니까요. 하지만 매사에 꼼꼼한 김 국장이 그렇게 뻔한 위장 방법을 쓰지는 않았을 겁니다."

창밖엔 여전히 비가 내렸다. 사방이 어두워졌고 두 사람은 한동안 말이 없었다.

"저를 찾아오신 이유가 있으시겠죠?"

"말씀드렸다시피 문 소장도 연구소를 떠나야 할 테고……
홍경수 교수는 징역형을 피할 수 없겠죠. 저희로서는 연구소
를 꾸려나가기 위해 전문가가 절실히 필요합니다. 조 교수님
께서 저희를 도와주셨으면 합니다."

"저더러 머리들 속에서 일하라는 얘기입니까?"

"그 부분이 마음이 걸리신다면 기술적으로 해결할 수 있을
겁니다. 중요한 건 이 엄청난 프로젝트를 이어나갈 수 있는 사
람이 많지 않다는 겁니다. 교수님이 꼭 필요합니다. 조국의 미
래와 국민의 안위를 위해서."

"제가 아니어도…… 태황후는 잘 돌아가지 않습니까?"

"실은 이찬규 박사가 죽기 직전에 과거 투시 시스템에 버그
를 심은 것 같습니다. 어떻게 했는지는 모르겠습니다. 모든 게
정상인데 과거 투시에만 문제를 일으켜요. 그로 인해 국정원
에서도 이찬규 박사 사후로 과거투시를 못한 걸로 알고 있습
니다. 언젠가는 복구가 되겠지만…… 교수님께서 도와주시면
훨씬 수월할 겁니다. 거듭 말씀드리지만 국가안보와 직결된
문제입니다."

조국의 미래.

국민의 안위.

국가안보.

성환은 김상국이 말한 '조국의 명운'을 떠올렸다.

이때 누가 연구실 문을 두드렸다. 박정훈이 말했다.

"마침 시간을 딱 맞췄네요."

"누구?"

문이 활짝 열렸다. 연구소로 들어온 사람은 다름아닌 영란이었다.

"하 기자님이 웬일로?"

성환은 눈이 동그래졌다. 영란은 성환을 향해 빙긋 웃더니 박정훈에게 가볍게 인사를 하고 그 옆자리에 앉았다. 박정훈이 미소 띤 얼굴로 말했다.

"저와 같이 일하고 있습니다. 이번 일에 큰 도움을 주셨지요."

"이게 다 교수님 덕분입니다."

성환은 아직 상황이 잘 이해가 안 된다는 듯 입을 헤벌리고 있다가 겨우 한마디했다.

"그럼 하영란 기자도 국가안보국 요원?"

"저희 업무상 비밀을 지켜야 해서…… 본의 아니게 실례를 범했네요. 이해해주시리라 믿어요."

"그렇다면 하 기자님은 홍 교수가 이화오엽이란 걸 처음부터 알고 있었던 건가요? 우르드 프로젝트도?"

"이화오엽에 대해 막연히는 알고 있었지만, 저는 보안등급
이 낮아서 자세한 사항은 몰랐어요. 풍문으로만 돌았던 우르
드 프로젝트의 실체를 알게 된 것도 이번 사건을 통해서였고
요. 교수님이 아니었다면 불가능했을 겁니다."

박정훈이 영란에게 물었다.

"참, 그거 가지고 왔지?"

"네, 여기 있습니다."

영란은 가방에서 서류봉투를 꺼내 성환에게 내밀었다.

"나중에 천천히 읽어보세요. 부디 긍정적인 답변 기다리겠
습니다."

이렇게 말하고 박정훈은 자리에서 일어났다. 하영란도 함께
일어나며 말했다.

"앞으로 교수님과 함께 일할 수 있으면 좋겠어요."

성환은 자리에서 일어나 자기 앞에 놓인 봉투를 물끄러미
내려다보았다. 가볍게 인사를 하고 문으로 향하는 박정훈과
하영란에게 성환이 말했다.

"한 가지 궁금한 게 있습니다. 태황후가 어느 정도까지 볼
수 있습니까? 그러니까…… 이화오엽은 을미사변의 동영상까
지 확보했습니까?"

박정훈은 엷은 미소를 지었다.

"하하 그건, 예상하셨겠지만 일급기밀입니다. 동영상이 있느냐 없느냐의 여부 자체가 국가기밀입니다. 저희와 함께 일하게 되시면 그때 알려드리겠습니다."

두 사람이 나갔다.

박정훈의 마지막 미소가 성환의 뇌리에 맴돌았다. 성공했다는 의미일까, 아직 그 정도는 아니라는 건가. 조성환은 다시 자리에 앉아 서류봉투를 열었다. 문서가 하나 있었다.

Top Secret
회람 후 소각

첫 장에 또렷하게 찍힌 경고부터 눈에 들어왔다.

이 동네는 맨날 일급기밀이야. 성환은 쓴웃음을 지으며 문서의 제목을 읽었다.

간도 프로젝트

문서는 단 두 장이었다. 첫 장에는 프로젝트명과 함께 국가안보국 전략기획실이라는 명의가 있었다. 뒷장에는 프로젝트의 개요가 적혀 있을 것이다. 성환은 뒷장을 보지도 않고 문서를 다시 봉투에 넣었다. 캐비닛에서 평소 잘 쓰지 않던 철제 쓰레기통을 꺼내 봉투에 불을 붙였다. 눅눅한 공기 속에서도 불길은 활활 타올랐다. 폭우로 서늘해진 연구실이 조금 따뜻해졌다. 불꽃이 사그라들자 성환은 창문을 열고 식어버린 아메리카노를 마저 마셨다. 멀리서 천둥소리가 들려왔다.

작가의 말

'만약 당신이 제2차 세계대전 당시 맨해튼 프로젝트(핵무기 개발계획)에 참여하라는 제안을 받았다면 어떻게 할 것인가?'

대학교 2학년 때 수강했던 과학사 과목의 기말고사 문제 중 하나였다. 물론 예, 아니오만 원하는 문제가 아니어서 그 이유까지 충실하게 작성해야 했다. 거의 30년 전의 일이라 구체적으로 뭐라고 썼는지는 기억나지 않는다. 좋은 점수를 받기 위해 미리 파악한 교수님의 성향에 맞게, 상당히 기회주의적으로 답안을 쓴 것은 확실하다. 내가 쓴 답안은 시험이 끝난 뒤 깨끗하게 잊었지만, 그 문제만큼은 오래토록 내 머릿속에 남아 있었다. 학생운동을 하고 대학원에 진학해 박사학위를 받고 3류 물리학자로 살아가며 점점 나이를 먹을수록 이 질문은 여러 층위에서 다양한 색깔을 뿜어내고 있었다.

이 질문을 한 꺼풀 벗기면 드러나는 과학과 사회와의 관계, 과학자의 사회적 책임 같은 주제들은 지난 30년 동안 나를 괴롭히면서 단련시켰다. 과학문화 활동을 한답시고 글 쓰고 강연하며 여기저기 나낸 세월도 결국 이 지점으로 귀결된다. 확실히 한국은 이 주제와 정면으로 맞닥뜨리기엔 대단히 부적합한 나라이다. 독자적이고 자생력 있는 과학을 아직 발달시키지 못했고 (내가 생각하는 노벨과학상 수상자가 없는 근본적인 이유이다) 여전히 과학은 국가발전이나 경제성장의 도구로 여겨질 뿐이다. 이런 분위기에서는 과학사 기말고사 문제에 대한 답이 이미 정해져 있다. 아니, 맨해튼 프로젝트 같은 기획은 너무나 먼 나라 얘기여서 애초에 저런 질문 자체가 잘 와닿지 않는다.

현실에서 쉽지 않다면 꾸며낸 이야기에서는 가능하지 않을까? 만약 한국에서 과학이 고도로 발달한다면 어떤 일이 벌어질까? 이런 상상이 내겐 아주 낯설지 않았다. 어릴 때는 태권브이 같은 대형 로봇을 만들어 세계를 정복하는 꿈을 꾸곤 했다. 1970년대의 동네 꼬마들에겐 마징가나 태권브이가 궁극의 전략무기였다. 앞으로의 시대에는 아마도 인공지능이 가장 유망할 것이다. 인공지능 하면 흔히들 터미네이터나 매트릭스 같은 영화 속 초지능의 모습을 떠올린다. 나는 훨씬 더 평범하고 지루한, 그러나 꽤 쓸모 있는 녀석을 보여주고 싶었다.

과학은 정보이고 기술은 정보를 실현시키는 능력이다. 그래서 기술에는 욕망이 투영된다. 기술은 욕망의 실현태이다. 지금까지 우리가 그래왔듯이 남들이 하니까 해야겠다는 식으로는 명작을 기대하기 어렵다. 이미지 식별이든 바둑이든 욕망 또는 목적의식이 구체적이고 강렬할수록 좋은 결과가 나올 가능성이 높다. 이화오엽이 그랬다. 테슬라의 일론 머스크도 좋은 사례이다. '극강의 무기가 무엇을 할 수 있을까'는 잘못된 질문이다. 나의 욕망, 내가 이루고자 하는 바가 무엇인지가 먼저 뚜렷해야 한다. 어떤 기술의 부산물이거나 원래의 목적달성에 실패한 기술이라도 새로운 욕망과 결합하면 전자레인지나 포스트 잇 같은 '대박'을 터뜨릴 수 있다. 적어도 내 생각은 그렇다.

그래서 기술의 가장 극단적인 형태를 보여주려면 우리의 가장 강렬한 욕구가 무엇인지부터 따져보지 않을 수 없었다. 20세기의 현대를 식민지와 내전으로 시작해 아직 그 상처를 안고 사는 우리에겐 과거를 극복하는 일이 현재의 욕구와 어떤 형태로든 결부될 수밖에 없지 않을까? 그리고 1895년의 비극은 그 여정의 피할 수 없는 경과점들 중 하나가 아닐까 싶다. 과거와 미래가 이런 식으로 만날 수 있다면 그 자체도 꽤 매력적으로 보였다.

아주 비과학적이긴 하지만 작업 중에도 그런 인연을 느낄 수 있었다. 소설 속에서 흐르는 보름 동안의 시간에 붙은 날짜는 원고를 정리한 2019년 기준으로 정한 것이었다. 그러다가 올해(2020년) 편집을 마무리하면서 굳이 작년 날짜를 쓸 필요가 있을까, 차라리 1895년의 달력을 써보자는 의견이 있었다. 그렇게 찾아본 그해의 달력이 놀랍게도 원래 2019년의 달력과 똑같았다!

이 모든 것을 하나의 이야기로 엮는 작업은 쉽지 않았다. 주변에서 "재미삼아 써보세요"라며 격려차 건넨 말에 겁도 없이 덤볐다가 무엇이든 재미로만 되는 일은 없다는 걸 깨달았다. 흔히 별 근거 없이 자의적으로 떠들어대는 소리를 두고 "소설 쓰고 있네"라고들 하는데, '그런 소설'이 되지나 않을까 하는 걱정이 계속 나를 짓눌렀다. 평소 드라마를 즐겨보면서 스토리라인이 이러쿵저러쿵 하면서 평가하고 잔소리하는 시청자의 입장이었다가 이제는 독자의 평가를 받아야 할 처지가 되고 보니 이 세상의 모든 스토리 작가들이 새삼 위대하게 느껴진다. 물론 내가 쓰고 싶은 것은 훌륭한 문학작품과는 거리가 멀다. 나는 그저 과학을 소재로 한 재미있는 이야기를 하고 싶을 뿐이다.

좋은 스토리라인은 좋은 과학이론과 비슷하다는 게 나의 지론이다. 그 자체로 일관성과 완결성, 필연성을 갖추고 있고 다루는 주제의 본질을 명확하게 드러내며 엄청난 상상력을 눈앞에 보여준다. 대중강연을 할 때마다 창의력을 키우기 위해 어린 학생들에게 어떤 과학교육을 시켜야 좋겠냐는 질문을 종종 받는다. 내 답은 늘 〈해리 포터〉이다. 어릴 때부터 미적분을 선행학습하는 것보다 〈해리 포터〉를 읽으며 상상력을 키우는 편이 훨씬 낫다. 이제 허접한 작품이나마 이렇게 내 이름이 붙은 소설을 하나 쓰고 보니 내 이름이 붙은 과학이론은 언제쯤 나오려나 하는 안타까움과 허무함이 동틀 녘 샛별처럼 불쑥 솟구친다. 근사한 과학이론 하나 만드는 게 나에겐 여전히 가장 큰 꿈이다.

사연 없는 책이 어디 있겠냐만 이 책도 예외는 아니었다. 원고를 읽고 뼈와 살이 되는 조언을 해주신 이강영 교수님, 과분한 추천의 말을 써주신 배상훈 박사님과 정지훈 박사님께 깊이 감사드린다. 첫 장편소설을 열심히 작업해주신 이승희 편집장님과 비채 편집부, 뒤에서 힘써주신 심성미 차장님께 감사의 말씀을 드린다.

2020년 6월, 정릉에서
이종필

빛의 전쟁

1판 1쇄 인쇄 2020년 6월 23일   **1판 1쇄 발행** 2020년 6월 29일
지은이 이종필
펴낸이 고세규
편집 이승희   **디자인** 조은아   **마케팅** 백미숙   **홍보** 김하은

발행처 김영사
주소 경기도 파주시 문발로 197(문발동) 우편번호 10881
등록 1979년 5월 17일(제406-2003-036호)
구입 문의 전화 031)955-3100   **팩스** 031)955-3111
편집부 전화 02)3668-3292   **팩스** 02)745-4827   **전자우편** literature@gimmyoung.com
비채 카페 cafe.naver.com/vichebooks   **인스타그램** @drviche   **카카오톡** @비채책
트위터 @vichebook   **페이스북** facebook.com/vichebook
ISBN 978-89-349-9226-4 03810   책값은 뒤표지에 있습니다.

비채는 김영사의 문학 브랜드입니다.

이 도서의 국립중앙도서관 출판예정도서목록(CIP)은 서지정보유통지원시스템 홈페이지(http://seoji.nl.go.kr)와 국가자료공동목록시스템(http://www.nl.go.kr/kolisnet)에서 이용하실 수 있습니다. (CIP제어번호: CIP2020025456)